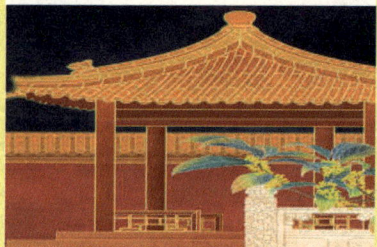

—新版—
小学语文同步阅读

故宫博物院

GUGONG BOWUYUAN

黄传惕———

著

长江出版传媒　长江文艺出版社

目　录

锦绣中华

读书知味

童心诗苑

锦绣中华

天安门颂

万水千山连着天安门，天安门是全国人民最向往的地方。人们来到北京，总要到天安门前瞻仰，在广场上流连。

天安门已经成为我们伟大祖国的象征。它那庄严、壮丽的形象不但镌刻在我国的国徽上，也深深铭记在亿万人民的心中。

金色的十月，正是北京最好的季节。晴空万里，一碧如洗，明丽的阳光洒满了广场。我站在人群里，仰望着雄伟的天安门，那红色的城楼，金黄色的琉璃瓦，门前那对白玉石华表，在阳光下闪耀着光辉。

站在金水桥上，凭栏向南眺望。人民英雄纪念碑巍然矗立，毛主席纪念堂庄严雄伟，人民大会堂、中国国家博物馆，从东西两侧相互辉映，整个广场是那样宏伟、宽广，气势磅礴。

漫步在天安门广场，我思如潮涌，一幅幅历史画卷浮现眼前。几百年来，天安门饱受过时代的狂风暴雨，经历了无数伟大历史进程。

天安门到现在已经有五百多年的历史了。它是在明朝永乐年间建立起来的，当时叫承天门。1651 年清朝顺治八年重新改建,改称天安门。明代和清代,天安门都作为皇城的正门,周围修起了高墙、重门,把它和劳动人民隔绝开来。

近百年来,天安门广场多次遭到外国侵略者的蹂躏。1900年八国联军侵占北京,炮击天安门,打坏了城楼的屋脊和门前的华表。1952年修缮的时候,还从城楼的木梁上取出了三颗刻有英文字母的炮弹。

在帝国主义、封建军阀和国民党反动派的统治下,天安门日益荒凉颓败,广场上杂草丛生,瓦砾遍地。

但是,天安门始终坚强地屹立着,天安门前从来没有停息过斗争的火焰。早在1644年,闯王李自成就率领农民起义大军,从天安门长驱直入,打进皇宫,推翻了明王朝的统治。

最近几十年来,天安门广场多次成为反帝、反封建争取民主、争取解放的战斗场所。作为中国新民主主义革命开端的五四运动,著名的"一二·九运动",都是从这里开始的。天安门前斗争的历史记载着我国人民革命斗争的优良传统。

1949年10月1日,毛泽东主席登上天安门,揭开了历史新的一页。毛主席站在天安门城楼上,向全国和全世界庄严宣告:中华人民共和国中央人民政府今天成立了! 在万众欢腾和隆隆的礼炮声中,天安门广场上空升起了第一面五星红旗。

古老的天安门恢复了青春。天安门广场进行了大规模的整修和扩建。整个广场铺上了混凝土方砖,东、西、南三面的高墙拆除了,东西长安街展宽了。修缮一新的天安门城楼,更加雄伟壮丽。1958年落成的人民英雄纪念碑,给广场增添了新的革命内容和光彩。巨大的碑身庄重、雄浑、朴素的造型,给人以顶天立地的感觉,显示出近百年来人民革命斗争的英雄气概。1959年,新中国成立十周年的时候,仅仅用十个多月的时间,天安门广场东西两侧又建起了两座巍峨的大厦——人民大会堂、中国国家博物馆。建筑物周围环绕着青松、翠柏、绿草、鲜花。广场的面积也比原来扩大了三倍,达到40多万平方米。

天安门广场成了举国欢庆和显示全国人民力量和意志的地方。"五一"和"十一"多次在这里举行盛大集会和庆祝游行。闪光的记忆啊!又把我带回到那难忘的时刻。节日的天安门是旗帜和鲜花的海洋,城楼上红灯高挂,红旗飘扬。几十万人的游行队伍通过天安门前,接受党和国家领导人的检阅,欢呼的声浪像春雷一样回荡强大的电波,把节日的游行实况传播到祖国的四面八方。

夜晚,天安门广场又成了一片灯的海洋。六十四座华灯齐放,四周建筑物上镶起了串串明珠,松柏枝头彩灯闪烁。地面上是欢乐歌舞的人群,夜空中升腾着五彩缤纷的焰火。

在这里,也多次举行过示威游行和集会,支援世界人民的正义斗争。谁能忘记?天安门前,那浩浩荡荡的人流、震天动地的吼声、汹涌澎湃的怒涛。

天安门两侧也曾搭起高大的彩门,观礼台上用花束组成各种图案和文字,热烈欢迎来自世界各地的朋友和贵宾。

"中华人民共和国万岁!""世界人民大团结万岁!"天安门城楼红墙上镶嵌的这两条标语,最充分地表达了新中国人民的胸怀和意愿。

天安门在人民的心中,总是伴随着欢乐和幸福的记忆,但是,有一段时刻,它也引起人民沉痛的感情。在"四人帮"横行的那些日子,天安门前,天低云暗。1976 年,周恩来总理、朱德委员长和毛泽东主席相继逝世,人民承受着巨大的悲痛,担心着祖国的前途。天安门广场成了寄托哀思、表达沉痛感情和与"四人帮"斗争的场所。哪能忘啊! 这一年的清明时节,人民英雄纪念碑四周,花圈如山,人群似海,悼念敬爱的周总理的诗词像雪片纷飞。人们在纪念碑前宣誓、默哀、演讲、朗诵……这是对人民总理的深切悼念,也是对"四人帮"的示威声讨。它又一次显示了人民的意志和力量,表现了历史的方向。

就是在这一年的十月,首都几百万军民在天安门举行盛大集会和游行,庆祝粉碎"四人帮"的历史性胜利。天安门广场又涌起了色彩绚丽的欢乐波涛,鞭炮和锣鼓响彻了十里长街。人民胜利了! 我们党胜利了! 人民是不可战胜的,天安门是人民胜利的象征,是祖国的骄傲!

漫步在天安门广场,无法抑止我思潮的奔涌,回顾难忘的过去,展望美好的未来,一个新的历史时期已经开始。

望着天安门广场那银色旗杆上高高飘扬的五星红旗,耳边仿佛又响起了 1949 年开国大典上,五十四门礼炮发出的惊天动地的巨响,又听到了"义勇军进行曲"激昂的进行曲旋律。

故宫博物院

在北京城的中心，有一座城中之城，这就是紫禁城。现在人们叫它故宫，也叫故宫博物院。这是明清两代的皇宫，是我国现存的最大最完整的古代宫殿建筑群，有近六百年历史了。

紫禁城的城墙十米多高，有四座城门：南面午门，北面神武门，东西面东华门、西华门。宫城呈长方形，占地七十二万平方米，有大小宫殿七十多座、房屋九千多间。城墙外是五十多米宽的护城河。城墙的四角，各有一座玲珑奇巧的角楼。故宫建筑群规模宏大，建筑精美，布局统一，集中体现了我国古代建筑艺术的独特风格。

从天安门往里走，沿着一条笔直的大道穿过端门，就到了午门的前面。午门俗称五凤楼，是紫禁城的正门。走进午门，是一个宽广的庭院，弯弯的金水河像一条玉带横贯东西，河上是五座精美的汉白玉石桥。桥的北面是太和门，一对威武的铜狮守卫在门的两侧。

进了太和门，就来到紫禁城的中心——三大殿：太和殿、中和殿、保和殿。三座大殿矗立在七米多高的白石台基上。台基有三层，每层的边缘都有汉白玉栏杆围绕着，栏杆上面刻着龙凤流云,四角和望柱下面伸出一千多个圆雕鳌头,鳌头嘴里都有一个小圆洞,是台基的排水管道。

太和殿俗称金銮殿,高二十八米,面积两千三百八十多平方米,是故宫最大的殿堂。在湛蓝的天空下,那金黄色的琉璃瓦重檐屋顶,显得格外辉煌。殿檐斗拱、额枋、梁柱,装饰着青蓝点金和贴金彩画。正面是十二根红色大圆柱,金琐窗,朱漆门,同白石台基相互衬映,色彩鲜明,雄伟壮丽。

大殿正中是一个约两米高的朱漆方台,上面安放着金漆雕龙宝座,背后是雕龙屏。方台两旁有六根高大的蟠龙金柱,每根大柱上盘绕着矫健的金龙。仰望殿顶,中央藻井有一条巨大的雕金蟠龙。从龙口里垂下一颗银白色大圆珠,周围环绕着六颗小珠,龙头、宝珠正对着下面的宝座。梁枋间彩画绚丽,有双龙戏珠、单龙翔舞,有行龙、升龙、降龙,多态多姿,龙身周围还衬托着流云火焰。

三大殿建在紫禁城的中轴线上。这条线也是北京城的中轴线,向南从午门到天安门延伸到正阳门、永定门,往北从神武门到地安门、鼓楼,全长约八公里。

太和殿是举行重大典礼的地方。皇帝即位、生日、婚礼和元旦等,都在这里接受朝贺。每逢大典,皇帝端坐在宝座上,殿外的白石台基上下,文武百官分列左右,中间御道两边排列着仪仗,大殿廊下,鸣钟击磬,乐声悠扬。台基上的香炉和铜龟、铜鹤里点起檀香或松柏枝,烟雾缭绕。

太和殿后面是中和殿。这是一座亭子形方殿,殿顶把四道垂脊攒在一起,正中安放着一个大圆镏金宝顶,轮廓非常优美。举行大典时,皇帝先在这里休息。

中和殿后面是保和殿。雍正以后，这里是举行最高一级考试——殿试的地方。

从保和殿出来，下了石级是一个长方形小广场。广场西起隆宗门，东到景运门。它把紫禁城分为前后两大部分。广场以南，主要建筑是三大殿和东西两侧的文华殿、武英殿，叫"前朝"。广场北面乾清门以内叫"内廷"，是皇帝和后妃们起居生活的地方，主要建筑有乾清宫、交泰殿、坤宁宫和东六宫、西六宫。

乾清宫是皇帝处理日常政务、批阅各种奏章的地方，后来还在这里接见外国使节。

乾清宫后面是交泰殿，交泰殿后面是坤宁宫。坤宁宫是皇后宫，也是皇帝结婚的地方。

乾清宫、交泰殿、坤宁宫合称"后三宫"。布局和前三殿基本一样，但庄严肃穆的气氛减少了，彩画图案也有明显的变化。前三殿的图案以龙为主，后三宫凤凰逐渐增加，出现了双凤朝阳、龙凤呈祥的彩画，还有飞凤、舞凤、凤凰牡丹等图案。

后三宫往北就是御花园。御花园面积不是很大，有大小建筑二十多座，但毫无拥挤和重复的感觉。这里的建筑布局、环境气氛，和前几部分迥然不同。亭台楼阁、池馆水榭，掩映在青松翠柏之中；假山怪石、花坛盆景、藤萝翠竹，点缀其间。来到这里，仿佛进入苏州园林。

从御花园出顺贞门，就到了紫禁城的北门——神武门，对面就是景山。景山是明代修建紫禁城的时候，用护城河中挖出的泥土堆起来的，现在成了风景优美的景山公园。

站在景山的高处望故宫,重重殿宇,层层楼阁,道道宫墙,错综相连,而井然有序。这样宏伟的建筑群,这样和谐统一的布局,不能不令人惊叹。

历史名园——圆明园

　　在讲近代史的时候,说到帝国主义对我国的野蛮侵略,常常会提到圆明园;不少以清代为历史背景的小说、戏剧和电影,也写到了圆明园。在全国放映过一部影片,名字就叫《火烧圆明园》。看过影片的人可能还记得,其中有这样的解说词:"1860 年 10 月 18 日,历史把额尔金这个名字永远钉在圆明园的残垣断壁上示众,这个英国的勋爵下了一道震惊世界的命令,3500 名士兵纵火焚毁了人类一座最大、最美,拥有众多珍宝的园林……火!把耻辱烙在每一个中国人的脸上,同时,也在每一个中国人心里烙下了深深的仇恨。……整整 151 年,无以数计的劳力、财富和智慧的结晶,毁于一旦,这不但是中国文化艺术财富的一场浩劫,也是世界文明史上的一场灾难!"

　　圆明园,这座历史的名园,是我国古代园林中的珍宝,也是帝国主义侵略我国的见证。

　　圆明园在北京的西郊,今天的颐和园公园的东面,是一座大型的皇家园林。它最初创于清朝康熙时代,康熙四十八年,也就是公元 1709 年,康熙把这座园林赐给了他的第四个儿子胤禛,定名圆明园,还亲自书写了匾额。胤禛就是后来的雍正皇帝。雍正即位后，开始扩建圆明园，作为听政和休息的地方。雍正的儿子乾隆继位以后，进行大规模的增修，并且在东面拓建了长春园，在南面修建了绮春园。绮春园后来改名为万春园。到乾隆九年也就是公元1744年，圆明三园的规模已经大体具备了。由于圆明园、长春园、万春园紧连在一起，同属圆明园总管大臣管辖，其中圆明园创建最早、规模又最大，所以习惯上把三座园林统称为圆明园。后来，又经过嘉庆、道光、咸丰三朝不断修葺增建，前后经历150多年，才建成了这座前所未有的宏大园林。

圆明园外围周长将近10公里，占地面积5200亩，比现在的颐和园大将近1000亩；建筑面积16万平方米，超过了故宫的建筑总面积。全园有100多个风景区，每个景区又都有不同的景物、意境和富有诗意的名称，圆明园集中体现了我国古代造园艺术的精华，人们赞美它是"万园之园""一切造园艺术的典范"。

圆明园是在平地上完全由人工建造起来的。在这样大面积上平地造园，是中外历史上少见的。设计和施工的人利用这里丰富的水源，进行了大胆的创造，他们"凿池成湖，堆土为山"，模仿江南的自然风景加以剪裁、提炼、改造，在北方建成了一座有山有水的水景园。回环曲折的溪流、河道，把大小不同的湖连接起来，水面占全园面积的40%。高高低低的假山有250多座，连起来有30多公里。几百座殿宇、楼阁、亭台、馆榭、轩廊分布各处，自然美和建筑美融为一体。走进圆明园，到处山环水绕，好像来到了江南水乡，而景色又胜似江南。这种模仿自然而又高于自然，巧夺天工的造园艺术，成功地运用在几千亩的大范围中，这是圆明园园林艺术的最大特色。

圆明园造景取材非常广泛，真可以说是广征博采。有的是直接模拟江南的山水名胜和著名园林；有的是把古人的诗、画、文章描绘的意境及神话传说想象的景物化作建筑实物，变为现实境界。一些自然界的奇观，如海市蜃楼，也作为造景的题材。

康熙曾经六下江南、乾隆亦是六下江南，他们叫画师把优美的景致画下来，再让能工巧匠再现于园林中。像杭州的西湖十景，都一一在圆明园中重现，连名称也相同。"西峰秀色"，号称是园中的小庐山，布局和形势都仿照庐山的特点，甚至还有飞流直下的瀑布。圆明园内也能看到江南的许多名园，像海宁安澜园、杭州小有天园、苏州狮子林、南京瞻园。瞻园在这里叫如园，意思是如同瞻园一样美。但这些景物并不是简单照搬，而是取其意，汲取它的景物特征、意境。

圆明园中最大的水面——福海中心，有三个大小不同的方形小岛，岛上有精美的殿宇建筑，还有飞桥连接。这既是"海外三山"的神话传说，又是唐代大画家李思训《仙山楼阁》图的画意。

"武陵春色"，把陶渊明《桃花源记》中的想象，变为现实境界。这里有溪流，有夹岸的桃花林，有捕鱼人进出的小山口。这个小山口，今天在圆明园的遗址上还能看到。"北野山村"，取材于唐代诗人王维的田园诗。"夹镜鸣琴"，用的是大诗人李白"两水夹明镜"的诗意。"海岳开襟"，在湖中心的圆形台基上，修建三层楼宇，周围是汉白玉凭栏，四面各有一座牌坊……隔水相望，仿佛海市蜃楼。

用"人间天上诸景备"这句诗来形容圆明园，并不算过于夸张。

圆明园中还有一组欧式宫殿建筑，这是乾隆让意大利传教士郎世宁，法国传教士蒋友仁等构图设计，中国工匠施工营建的。这组建筑包括六幢大型建筑物和许多人工喷泉、园林小品等。统称"西洋楼"。建筑形式采用的是欧洲文艺复兴后期的巴洛克风格，大量使用精雕细刻的汉白玉石，屋顶上盖的是我国特有琉璃瓦，墙壁上镶嵌着五色琉璃花砖，在建筑艺术上形成了一种独特风格。在中国皇家园林中成组出现西式建筑这也是第一次，促进了中西园林建筑艺术的交流。

圆明园虽然景物众多，风格各异，但由于布局合理，配置得当，并不使人感到杂乱、纷繁。全园一百多个景区都自成格局，各有特色，都是一座园中之园。它们通过河流、道路、长廊、墙垣、桥梁等有形联络，以及对景、透景、障景等无形联系，又使全园形成了一个有机的整体。看完一处美景，又是一处新的美景，过一重天地，又是一重新的天地，叫人丝毫也没有重复和单调的感觉，只会感到目不暇接，美不胜收。

圆明园是我国园林艺术史上的无比杰作，也是一座博物馆、图书馆、综合艺术馆。园中珍藏有反映我国各民族特色的金银器皿、铜器、瓷器、木器等，以及无法数计的各种工艺精品、古玩字画、历史文物和图书、典籍……比如：东晋大画家顾恺之的《女史箴图》唐人摹本、乾隆组织人力用了十年时间编成的《四库全书》，共 3400 多种，79000 卷，也收藏在这里。有人估计，把当年清朝皇帝在中海、南海、北海珍藏的宝物加起来，也无法和圆明园的珍藏相比。

圆明园又是清朝几代皇帝居住和临朝听政的地方。从雍正、乾隆一直到咸丰，每年都有大半时间住在圆明园，在这里进行朝会和处理政事，有内阁、六部、军机处等各中枢机构，成为清王朝一个政治活动中心，在中国历史上占有重要地位。

北京，我心中的城

　　我听过许多赞颂北京的歌曲，常常萦绕在我耳边的是《北京颂歌》的旋律。我读过不少怀念北京的诗篇，深深留在我记忆中的是《我思念北京》。

　　　　我是如此殷切地思念北京，
　　　　像白云眷恋山岫，清泉向往海洋。
　　　　游子梦中依偎在慈母的膝下……
　　　　我日日夜夜思念着北京啊！

　　怀着这种感情的又岂止是这位诗人。在远离北京的内蒙古锡林郭勒草原上，我听到一位牧人这样唱道："绿色的草原连着天安门，金色的北京就在我心中。"是的！北京就在全国人民的心中。北京，我心中的城！
　　北京的名字是和中华人民共和国连在一起的，北京的名字和一部新民主主义革命史也是紧紧相连的。作为新民主主义革命开端的五四运动，就是从北京开始的。三一八反帝示威、一二·九救亡运动、七七卢沟桥的枪声、一二三〇抗暴集会游行……许多重大历史事件和一次次震惊中外的革命运动在北京这块土地上掀起，又迅速传遍全国。

北京是共产主义运动在我国的发祥地。以李大钊、毛泽东等同志为代表的最早一批共产主义者在这里出现和成长。

北京也是我国新文化运动的策源地，陈独秀等在这里编辑出版了被誉为新文化运动号角的《新青年》杂志。鲁迅先生在这里对可诅咒的旧社会发出了"呐喊"，创作了《狂人日记》等许多不朽名篇。

1949 年 10 月 1 日，这是北京历史上最值得纪念的日子。毛泽东主席登上天安门城楼，向全世界庄严宣告，中华人民共和国中央人民政府今天成立了！历史揭开了新的一页，它标志着新民主主义革命的结束，社会主义革命的开始。北京从此成为新中国的首都，成为社会主义祖国的心脏。

北京有着悠久的历史。早在 50 万年前，我们的祖先"北京人"就生活在今天周口店一带。北京作为一个城市的起源，可以追溯到三千六百多年前的商代。北京最初的名字叫作蓟城，它是战国七雄之一燕国的都城。秦、汉、唐三代一直是北方的重镇，辽代把它作为陪都，金代正式在这里建都，名叫中都。元代叫大都，明代和清代都定都在这里。

经过历代的经营和开拓，我们的祖先用血汗和智慧，在这块土地上建起了壮丽的宫阙殿宇，雄伟的城垣门楼、幽美的风景园林。城内有举世闻名的紫禁城、天坛、北海、中海和南海。城外有被称为"万园之园"的圆明园、畅春园、清漪园等"三山五园"。

卢沟晓月、金台夕照、蓟门烟树、西山晴雪等著名的"燕京八景"引起多少诗人赞颂，激发过无数画家的灵感！

近百年来，由于帝国主义的野蛮侵略，战争兵火，军阀、官僚的摧残、破坏，古都北京变得残破不堪，圆明园被烧成一片焦土，无数的珍贵文物成为国外博物馆中的陈列品，紫禁城内堆满了垃圾，天安门前杂草丛生，长安街上骆驼队踏着沉重的脚步，在飞扬的尘土中缓缓走过……

解放，给古都带来了新生。之后 35 年，北京发生了翻天覆地的变化。

站在北京城最高处——景山的万春亭中，最能体味和发现首都的日新月异。故宫金黄色的琉璃瓦殿顶、白玉般的白塔、蓝宝石样的天坛祈年殿，古代建筑发出新的光彩。雄伟的人民大会堂，富有民族特色的民族文化馆，轮廓鲜明的电报大楼、广播大楼、北京展览馆等，这是人们熟悉的五十年代的"十大建筑"。但更多的还是近几年修建的一幢幢高楼大厦。北京已经突破了旧城圈，向四周扩展，新建的房屋相当于新建了 5 座北京城。在远郊，新的卫星城黄村、昌平等正在迅速兴起。

对北京过去的道路，作家老舍有过形象的描绘："天晴是香炉，下雨是墨盒。"他笔下的骆驼祥子就是长年拉着人力车在这样的土路上奔跑。到解放初，北京市区也只有王府井、前门大街等十几条柏油路，加起来才 200 多公里。现在，柏油路遍布全城。

北京的交通正在向现代化发展。一座座立交桥，像彩虹飞架街头。一列列电动客车，像长龙在地下运行，地铁车站就像是精美的地下宫殿。

翻开地图,你可以看到,北京城像一个辐射中心,各种颜色的线条伸向四面八方。北京火车站的钟声,日日夜夜迎送着南来北往的旅客;首都机场一架架飞机起飞、降落,长长的跑道连接着世界五大洲。

北京,祖国的心脏!北京,各族人民向往的地方!多少人把能到北京当作一种幸福和愿望,多少人离开北京怀着依恋的心情,总要在天安门前摄影留念,要把这珍贵的记忆带到海北山南。

我感到深深的幸福,因为我就在北京生活和工作。北京的一草一木,对我都是那样亲切和熟悉。颐和园的湖光塔影给我美的享受;香山的红叶给我火一样的激情;云水洞的奇景张开了我想象的翅膀;八达岭长城给我信心和力量。但最使我难忘的是天安门——新中国的象征,它镶嵌在庄严的国徽上,也铭刻在我心中。

几乎成为习惯了,每当节日的前夕,我总要到天安门前散步。置身在这个世界最大的广场上,我的心胸更加宽广。

节日前夕的天安门城楼,更加容光焕发。金龙和玺彩画闪射着夺目的光辉;观礼台下 4 个大花坛,鲜花盛开,芳草正绿,给广场增添了色彩和芳香;长安街的华灯亮了,就像是一串串晶莹璀璨的项链;观礼台后面的霓虹灯亮了,鲜红的大字像火焰一样点燃人心。东面是"祖国万岁",西面是"振兴中华"。中华在腾飞,祖国在前进!北京的明天将会更加美丽!

彩色的吐鲁番

"吐鲁番的葡萄熟了，阿娜尔罕的心儿醉了。"心醉的又岂止是阿娜尔罕！盛夏时节，我来到了吐鲁番，我的心也在葡萄的色彩、芳香和甜美中陶醉了。

吐鲁番是一个富有魅力的地方，只要你去过一次就再也不会将它忘却。我还没有见过一个地方竟汇集了这么多的特色，而有些似乎是不可能并存的。

从乌鲁木齐到吐鲁番，一路上大都是戈壁沙漠。越是接近吐鲁番，景色越加单调、荒凉，连偶尔可见的红柳、骆驼刺也没有了。突然奇迹出现了，远处一片绿色闯入眼帘，这不是海市蜃楼，而是真正的绿洲，沙漠中的绿洲！这就是吐鲁番。

吐鲁番素以酷热和干旱著称，古时候就叫作"火洲"，是我国最热的地方，最高气温达到摄氏 47.6 度，地表温度有过摄氏 82.3 度的纪录。但就在这样一个干热的地方，却清泉长流。来自天山的雪水，从坎儿井流出地面，滋润着庄稼和人们的心田。

吐鲁番是全国最低的地方；吐鲁番是有名的"风库"；吐鲁番的葡萄、甜瓜、长绒棉；吐鲁番的火焰山、高昌和交河故城……吐鲁番就像一幅巨大的画卷，色彩是那样鲜明、强烈，而又统一、和谐。

绿是这里的基色，葡萄又是构成绿的主要成分，大片大片的葡萄园，家家户户门前院里的葡萄架，深绿的叶片下面挂着一串串翠绿的、黄绿的葡萄。集市里摆着堆堆葡萄，毛驴车上装着一筐筐葡萄。到人家去做客端来的也是一嘟噜一嘟噜刚刚摘下的葡萄，盛在白色瓷碟里，真像翡翠一样。

吐鲁番是新疆的葡萄生产基地，这里种植葡萄已经有一千五六百年的历史了。

我们专程访问了吐鲁番葡萄瓜类研究所，农学家吴明珠热情接待了我们。吴明珠中等身材，身着一件浅黄色格子短袖衫，一头短发，显得非常精干、利落。吴明珠 1953 年毕业于西南农学院，1955 年来到新疆，在吐鲁番一待就是 28 年，专门从事葡萄、甜瓜等的研究工作，取得了很大成果。她扎根边疆的事迹，《人民日报》等新闻单位都做过报道，被称为"戈壁明珠"。1978 年起，她担任地区的副专员。吴明珠详细地给我们介绍这里葡萄生产的历史和现状。她说，吐鲁番种植葡萄历史悠久，在阿斯塔那古墓就发现有葡萄干。这里的葡萄品质优良，自然条件适宜，阳光充足，干热，水源丰富，非常适合葡萄的生长。葡萄产业是吐鲁番不可替代的优势。她一边讲一边让我们品尝他们培育的葡萄和甜瓜新品种，其中一种叫红心脆的甜瓜，外形美观，皮黄褐色，布满了网纹，肉橘红色，吃起来又甜又脆。

吴明珠是个一心扑在事业上的人，她还把我们领到试验地里实地观察,她最大的愿望是,让内地人吃到她培育出的更多更好的葡萄、甜瓜新品种。

到了吐鲁番,可以不吃葡萄和甜瓜,但谁也不会放弃参观火焰山。古典小说《西游记》的描写给人的印象太深了。那山"却有八百里火焰,四周围寸草不生,若过得山,就是铜脑盖铁身躯,也要化成汁哩"。唐僧听了以后"大惊失色"。汽车一出吐鲁番县城,进入戈壁以后,一股热浪迎面扑来,真像走进了烘房。不远处是一道红色的山脉,东西绵延上百公里,宽 10 公里,高约 500 米,由红色砂岩组成,这就是火焰山。当地叫它克孜勒塔格,意思就是红山。强烈的阳光,赭红色的岩石,火焰状的沟纹,摄氏 70 度以上的高温。这时候,你眼睛看到的,身上感觉到的,都会和火联系在一起,火焰山就真的燃烧起来了。在山前停留了一阵,我们来到一个山口,开始横穿火焰山,进入山峡走了一段,山沟里有流水了,还有红柳等植物。再往前是一片密密的芦苇,有的已长到路边了。真没想到,横穿火焰山竟会看到一条青翠的芦苇沟。汽车出了山峡,山南和山北的景色大不相同,真像是用铁扇公主的芭蕉扇扇过一样,风也清凉一些了。眼前是一片绿色的田野,种植着棉花、玉米和向日葵。公路两边有杨树、柳树和榆树。

火焰山上赤峰秃岭,寸草不生,山中的许多沟谷,像桃儿沟、木头沟、葡萄沟等,却绿茵遍地,瓜果飘香。来自天山的雪水,滋润着这片土地。吐鲁番年降水量只有十几毫米,却有丰富的地下水资源。盆地周围有博格达山、喀拉乌成山等 4000 米左右的高山,山顶终年积雪,春夏季冰雪融水,大都渗入山前戈壁砾石滩下面,形成一座巨大的地下水库。当地人民因地制宜,修建了一种特殊的水利工程——坎儿井,引出地下水,把戈壁沙漠改造成绿洲。清代林则徐被贬谪到新疆伊犁,路过吐鲁番的时候,在日记中就有关于坎儿井的记载:"见沿道多土坑,名曰卡井,能引水横流者。水从土中穿穴而行,诚不可思议之事。"在去葡萄沟的途中,就可以看到戈壁滩上一个个一米来高的圆形沙土堆,排成一条直线伸向远方的山脚下。走近一看,原来是一口口竖井,就像普通水井一样,不同的是井下还有一条渠道,把各口井连通起来,设计非常科学,巧妙地利用了盆地周高中低的地形,使水能够自流,地下渠道既可以防止蒸发,又不怕风沙掩埋。吐鲁番地区有坎儿井1100多条,短的几公里,长的几十公里,加起来总长度超过3000公里,比著名的京杭大运河还长哩!

吐鲁番自古就是沟通天山南北的交通枢纽,丝绸之路北线的重要中途站,现在还保存了不少古迹。高昌和交河故城、阿斯塔那墓群、柏孜克里克千佛洞、额敏塔……以及大量出土的文物,它们以形象的语言,向你展示古代吐鲁番——中华灿烂文化的一部分。

高昌故城在吐鲁番市东约40公里,从汉、唐到明初,高昌一直是吐鲁番地区政治、经济和文化的中心。现在保存下来的城址,大体呈正方形,分为外城、内城、宫城三部分,面积有200万平方米,四面都有城墙,是用黄土夯成的,城周达5公里。

交河故城在吐鲁番市西面一块台地上,峭崖笔立,形势十分险要。当地人叫它"雅尔和图",意思是崖城。从汉代起又称交河,由于河水流到崖前左右分流,形成两条水道,到崖尾又交汇合流成一条河,因此得名。沿着一条陡峻的道路爬上崖顶,周围没有城墙,整个土崖呈长圆形,南北长约1650米,最宽的地方300米。城中间有一条纵贯南北的大道,大道两边是厚实的土墙,隔不多远有一个巷口,通向各个居民的院落,这里的房屋大都一半在地下,是挖掘成的,顺其自然挖成墙壁,然后夯土加高,在墙上架梁盖顶。这里的街道房舍保存得比高昌故城还要完整一些。

在吐鲁番,白天你可以充分领略这里的自然风光,晚上可以尽情欣赏富有地方特色的文艺演出。手鼓、唢呐、热瓦甫,簇拥着歌声飞入云霄,无数条发辫和长长的花裙在飘舞、旋转——一场民族歌舞正在进行,舞台就在绿色的葡萄架下。其中有一个节目是女声独唱《美丽的吐鲁番》,我虽然不懂维吾尔语,但是从演唱者的眼神、表情和声音中,了解了它的全部内容:对家乡的热爱,对新生活的赞美。

绿色千岛湖

千岛湖,绿色的千岛湖!
水是绿的,万顷波光绿如蓝;
岛是绿的,像琉璃盘中镶嵌的翡翠;
山是绿的,青山绿树映碧空。
波荡漾,影融融,
水上风光水下又一重。
如诗如梦……
一首自然的诗,
一个绿色的梦。
多少人在追寻,
使多少人沉醉,
这绿色的梦,
比梦更美的绿。
千岛湖,绿色的千岛湖!

千岛湖位于浙江省淳安县境内,溯水面而上 70 公里,
是风光如画的黄山;顺流而下,经新安江,富春江,可达杭
州的西湖,正处在江南"黄金旅游线"的中心部位。

千岛湖有宽阔的水面,众多的岛屿,茂密的森林,湖岸

四周有无数奇洞、怪石和人文古迹。幽、秀、奇、野集于一身。

画舫轻舟,宾馆楼房,帆板的缤纷倒影……增添了时代风采。

千岛湖的千岛,不是数字上的夸张,而是真正的现实。在最高水位时,湖面上有 1078 个岛屿。

到了千岛湖,人们总要问起千岛的来历,千岛湖形成的年代。地质年代常常以亿万作为计算单位,可千岛湖的历史仅仅几十年。这里原是一片山地,湖中的岛屿是一座座山峰。千岛湖是 1959 年新安江水电站大坝建成蓄水后形成的巨大人工湖, 面积有 580 平方公里。蓄水量相当于 3184 个西湖。郭沫若题咏千岛湖的诗句"西子三千个,群山已失高,峰峦成岛屿,平地卷波涛",就是这里的真实写照。

短短几十年沧桑巨变,鸟兽的王国,成了鱼鳖的乐园,80 多种鱼在湖中安了家,有常见的草鱼、鲤鱼、鲢鱼,还有珍贵的鳜鱼、鲈鱼。

"鱼跃千岛湖",捕鱼也成了一景。湖边垂钓,也是千岛湖旅游一乐。这位钓鱼人有点特别,光有钓线没钓竿。哦!上来了!是条大甲鱼,真有口福。这样的好运气不是谁都能碰到的,不过,到了千岛湖想吃鱼可太容易了。排岭镇上的餐馆,家家有鱼。专门的"鱼味馆"备有全鱼席,可以品尝百鱼的滋味。

从空中和水上领略了千岛湖的绿, 让我们再踏上这绿色的千岛。

猴岛,原有的名字是云蒙岛。这是千岛湖的花果山,这位就是齐天孙大圣,它属下有大大小小几十号臣民。尾巴高翘,气度不凡。有一个王位争夺者,曾被它打得落水而逃,带着两只小猴游到了另一个岛上。也许不久千岛湖会出现第二个猴岛、第三个猴岛。

五龙岛,现在都叫它蛇岛。嗬!真有点咄咄逼人。要小心,不过也别害怕。这里除了眼镜蛇,还有蝮蛇、五步蛇、竹叶青、黑眉蛇……一个蛇的王国正在兴起。

梅花鹿,人们都把它作为吉祥的象征,这个岛叫清心岛,气氛和蛇岛大不相同,充满着友好与和谐。

千岛湖有开阔的水面,也有幽深曲折的湖湾。湖周岛上布满郁郁葱葱的森林植被。如果说水是千岛湖的灵魂,那么树就是千岛湖的主体。千岛湖之所以山清水秀、风光明媚,就是因为有大面积的森林植被。森林是水和绿的源泉。森林和湖水使这里"夏无酷暑,冬无严寒,春暖早,秋寒迟",气候宜人。

松树!松树!千岛湖最多的树是松。松树是这个地方的主力军,也是开拓者。带翅膀的松子飞到岛上、湖畔落地生根,在艰苦的环境中生长,当别的树木长起来以后,它又去开辟新的领域。

人们赞美松树的风格,常常以松喻人。在龙山岛上松林中,有座"海瑞祠"。海瑞是明朝的大臣,一生刚正廉明,高风亮节,像青松矗立。海瑞在淳安县当过3年知县,深受人民敬仰。据说,有一个寿字就是他亲笔写的。细看由"生母七十"4个字组成。海瑞母亲七十大寿,海瑞没有摆寿筵,没有买贵重的寿礼,只是用纸写了一个大寿字。

在千岛湖还流传着一个人们熟悉的传说，这个岛叫蜜山，山腰上有三座和尚的坐化坟，相传"一个和尚挑水吃，两个和尚抬水吃、三个和尚没水吃"的故事就发生在这里。这三个和尚后来怎样了，他们是渴死的吗？不是，仙人看到三个和尚渴得奄奄一息，动了恻隐之心在山顶点出一眼清泉。三个和尚受了感化，变懒为勤，苦心修炼。为了让山下的人也能喝上泉水，他们劈山凿石修成了这条山路。这故事的由来也许有些附会，但传说嘛，主要在于寓意和教益。

桂花岛，遍地开满了野桂花，农历八月是最好的欣赏季节。

看石景，请到富溪。在 10 平方公里范围内布满了奇岩怪石。有石城墙、有"狮子林"，有的像海豹，还有的像宇宙飞船。在这里可以充分发挥你的想象力，许多石景等待你去发现和命名，更有意思的是，许多奇石都有绿色植物伴随，刚与柔相济，动和静结合，色彩对比鲜明。

千岛湖满眼皆绿，但难免也有些空白，个别地块就有点不太协调。这是湖岸消落区，经常受湖水升降的影响，土质瘠薄，干旱和水淹周期交替，一般植物难以生存。别小看这几棵树，正是它们填补了绿的空白。这是林业科技人员培育出的新树种，浸在水里 200 天也不会淹死。一露出水面又会发出新芽绿叶，形成一片"水上森林"。大自然造福人类，人和自然要保持和谐。保护环境、改善环境，人工与自然的合力，才能建成地上的乐园。

夕阳西下，

一片金黄洒落水面。

千万片金鳞闪烁。

千岛湖呈现出另一种美——明丽而辉煌。

暮霭渐渐升起，

湖面复归宁静。

千岛湖更爱自己的本色——朴素和淡雅。

雾茫茫、水空蒙。

如诗，如梦……

温馨的绿色的梦，

像诗，动人心扉。

千岛湖，绿色的千岛湖！

一个绿色的梦，

比梦更美的绿。

绿色明珠——张家界

　　张家界是我国第一个国家森林公园，1982年正式命名，地处湖南省西北部武陵山脉腹地。这是一块古老而又神奇的土地，早在距今3.8亿年的时候，就开始孕育石英砂岩峰林奇观，由于这里交通闭塞，人迹罕至，一直是"养在深闺人未识"，到20世纪50年代，林业部门在这里办起国营林场，美名才渐渐传出。

　　1979年11月6日，《祖国各地》广播了湖南省林业局陈平写的一篇游记《金鞭岩传奇》，这是中央新闻单位较早的关于张家界的报道。1980年《旅游》杂志第6期刊登了画家吴冠中的文章《失落的风景明珠——张家界》，赞美它"不让桂林，媲美黄山""石峰石壁直线林立，横断线曲折有致，相互交错成文章"，极具"形式结构之美"。

　　"人游山峡里，宛在画图中。"不少画家到这里写生，赞誉它是"中国山水画的原本"。1985年春天，我和中国林业新闻工作者协会、北京摄影家协会的一些同志，来到了这久已向往的地方。这时的张家界处在开发初期，淡妆素面，保持了原始自然本色，没有索道电梯，很少楼台亭阁，我们就住在索溪峪自然保护区招待所，10多个日日夜夜，用双脚走遍了这里的山山水水，充分领略了自然素朴纯真之美。

张家界核心风景区,由三部分组成:张家界国家森林公园、索溪峪自然保护区、天子山自然保护区。"峰三千,水八百",这里的景点非常多。主要景区有:金鞭溪、十里画廊、黄石寨、西海、黄龙洞、宝峰湖、百丈峡等。

到张家界的第二天，冒着蒙蒙细雨，我游览了十里画廊。这是一条五公里长的峡谷,中间一道溪流,两边布满了不同形状的山峰,穿行其中就像漫步在一条雕塑长廊。"两面天神"由一座孤峰构成,无论你从南还是从北看,都像人面,眼睛、鼻子、嘴唇都清清楚楚的。最绝的是一座"老人岩"的山峰,它像一位老人在山坡上,还是位采药老人哩!背着背篓,抱着药草,正凝望着远方像是在想什么,可以说是神形兼备。"夫妻岩""仙女拜观音""猛虎啸天"等大都出于人们的联想,美在似与不似之间,在这里你可以尽情张开想象的翅膀。

"西海"是欣赏峰林最好的地方。站在1020米的天台观景点向下看,千百座陡峭的山峰,像一根根长鞭、一排排方柱、一座座高塔,林立在峡谷中。早晨、傍晚或阴雨天,又别有一番景象。云雾弥漫,峰峦时现,耳边松涛阵阵,真像身在海边。3.8亿年前,这里还真是一片汪洋大海,由于地壳运动逐渐上升成为陆地。现在这里最低处海拔300米,最高处1400米。岩石主要为红色和灰色石英砂岩,与桂林山水、云南石林石灰岩岩溶地貌不同,砂岩地貌出现峰林是很少见的。从现有资料看,国内外都没有发现这么大面积的砂岩峰林。石英砂岩的特点是硬度大、抗风化力强，但比较脆，垂直裂纹多，容易像积木一样成块崩落，因而形成的奇峰更加高耸突兀，像刀砍斧劈，有棱有角，轮廓分明。

石英砂岩在各种自然力的作用下，不但形成峰林奇观，也能形成险峻天桥。在"十里画廊"尽头爬上猴子坡，可以看到两峰之间一道石梁凌空飞架，这就是天桥，也叫自生桥。桥长20多米，宽1米多，离谷底100多米，探头下望，绝壁深涧，能听到哗哗水声。为了一探究竟，保护区的老田和我小心地过了桥，登上另一座山峰，往前是一道悬崖，对面几座奇峰离得很近，能清楚地看到峰顶是平的，长满了各种植物，只是都比较矮小，大多是巴山松。

张家界除了石英砂岩峰林，还有石灰岩地下溶洞群，黄龙洞就是其中的一个。初探洞长15公里，有地下河、瀑布大厅、长廊。最大的厅堂——黄龙宫面积有1.2万平方米，布满了各种形状的钟乳石，有通体透明高27米的"定海神针"，也有能敲奏乐曲的钟乳石柱。

有意思的是，在攀登黄石寨的途中，又看到了一根"定海神针"，比黄龙洞内的要高大得多，是一座超过百米的石英砂岩峰。黄石寨是张家界风景最集中的地方，海拔1048米，顶部平坦，四周悬崖绝壁，向下鸟瞰，奇峰怪石尽收眼底。山下东面的金鞭溪也是一条天然雕塑长廊，张家界的标志性景观——金鞭岩就在这里，一峰挺立，直上直下，绝对高度300多米，在阳光照射下金光闪闪。

张家界山奇、水秀、林美、洞幽。到处有溪流瀑布，满眼绿树花草。气候温和、雨量充沛，属中亚热带北部常绿阔叶林区,植物品种很多,还有上万亩天然次生林。珍贵动植物有珙桐、钟萼木、白豆杉、黄心夜合、巴东木莲、黄腹角雉、白鹳、香獐、娃娃鱼、鼯鼠等。以前还有华南虎和金钱豹。索溪峪的山林里还有 1000 多只猴子,分布在十几个山头上,有些已经和人熟悉了,主动向人索要食物。我访问了养猴人吴愈才,他从小跟着爷爷打猎捕猴,熟悉这里的山林,他讲述了很多有关猴子的习性趣闻,还唱了招引猴子的猴歌。他早就不打猎了,成了保护区猴房的饲养员。一同去访问的《少年科学画报》编辑老于约我为刊物写了一篇《索溪峪的猴子》,发表时画报的美编配上了图,成为一组孩子们喜爱的连环画。从这起,《祖国各地》和《少年科学画报》建立了互补共赢关系,他们增加了稿源,我们弥补了广播一听而过的不足,扩大了宣传阵地。特别是画报还有个专栏《伟大的祖国》,此后,我陆续地为他们写了一些文章,增添了《祖国各地》在少年朋友心目中的印象。

在张家界,几乎每座奇峰都有形象的名字,每个景区都有动人的传说,流传最广的是"向王造反"的故事。宋朝有个叫向大坤的人,不满官府压迫,聚众起义,自称天子,天子山因此得名。天子峰海拔 1262.5 米,是天子山最高点。"百丈峡"是向王在这里打了一百仗。一位采药老人在崖壁高处发现一首石刻宋人的诗:"千丈绝壁挂古松,万尺深涧锁蛟龙,百仗留得佳话在,两壁对插白云中。"

十里画廊的老人岩,是向王的父亲化成的。猴子坡上的天桥,是仙女为帮助向王越过峡谷抛出彩带变成的。向王兵败后,退到神堂湾。他的部将化成 48 大将军岩,48 小将军岩。风雨天和深夜,还仿佛听到湾内有刀枪撞击、人喊马嘶的声音。

神堂湾是一个天坑式峡谷,岩壁陡立,像桶沿一样,无路可下。只是在东面有个缺口,一条溪涧从中流出,山溪既陡又滑,爬起来就像上天梯一样,很少有人进去过,充满了神秘色彩,不少人都希望去探索这迷宫的奥秘。在神堂湾的悬崖上和被称为天梯的山溪里,也留下了我攀登的足迹。

在这之后,我又两次来到张家界,每次都有不同的感受和收获,但印象最深的还是第一次。我始终认为自然美是风景区的基础和主体,不宜有过多的人工设施和人为景观。1992 年联合国教科文组织将张家界列入了"世界遗产名录",我衷心祝愿,张家界永远是一幅中华的"天然图画"。

椰风海韵四时春——琼岛探绿

高高的椰子树，密密层层的木麻黄，一道道绿色的林带，矗立在海岸上。林带下面是白色的沙滩，外面是蓝色的大海，茫茫无际，仿佛连着天的尽头。这就是海南，祖国南海上的绿色宝岛。

海口——宝岛的门户

从广西北海市乘上"中海"号渡轮，经过一夜的航行，在晨风中，我踏上了琼岛的海岸，到达了海口市。

海口，以它独特的热带风光给我留下了强烈的印象。从码头到市区，道路两边都是一行行椰子树。进入市中心，代替交通隔离墩的也是椰子树，还有槟榔、油棕、芭蕉、相思树和花灌木丛。巨大的羽状椰叶和各种绿叶，组成一片绿色的天棚。挡住灼热的阳光，给人带来清爽阴凉。街道两旁，一个个水果摊档，摆满了椰子、香蕉、菠萝、甘蔗、芒果和人心果，散发着诱人的芳香。

海口原是一个渔村，因位于南渡江入海口而得名，随着南渡江三角洲的扩大，逐渐发展为与大陆往来的重要港口城市,现已成为全省政治、经济、文化和交通的中心。改革开放加快了海南的建设步伐，特别是建省和划定为经济特区后,宝岛的开发建设更进入了一个新的阶段。

海南岛是我国仅有的两大热带森林区之一。海南的植物有 269 科,1000 多属,4200 多种，仅乔木就有 800 多种。其中有 458 种被列为国家商品材树种,85 种可以造船和制作高级家具。主要名贵树种有花梨、子京、坡垒、荔枝、母生、青皮、竹叶松等。

海南也是一个热带经济作物的王国,是橡胶、椰子、咖啡、胡椒、腰果、菠萝、油棕、剑麻、香茅、槟榔等热带、亚热带作物的主要生产基地,因而海口市也就自然成为热带作物加工业中心,办起了橡胶制品厂、罐头厂、咖啡厂、饮料厂、食品加工厂等,生产的汽车轮胎、胶鞋、雨衣、椰子、糖果、饼干、水果罐头等畅销各地。

随着市政建设的发展,城市绿化事业也迅速跟上。市内和郊区主要道路两旁,大都栽上了椰子树,市中心大街两边还种植了紫荆、香樟、大王棕树等。过去寸草不生的荒凉海滩上,营造了木麻黄海防林带,延绵 30 多公里。海瑞墓、五公祠、苏公祠、海口公园等名胜古迹和游览地,更是绿树成荫。

绿,美化了海口市容,也给人带来了清新和宁静。

海中红树

汽车驶出海口市,向东北行大约两小时,就到了琼山区东寨港。这里是一个保护区，保护的主要对象是海中森林——红树林。"海里有森林而且是红色的。"我自言自语地说。可是到了海边一看，只见一片汪洋，海上浮着簇簇绿，随着波浪起伏，保护区的人介绍说，这就是红树林的树冠，随着落潮，红树慢慢显露出来了。当海水完全退去，一道绿色的林带奇迹般地在我眼前出现了，它虽然只有四五米高，但密密层层，茂盛苗壮，碧绿碧绿的，一片名副其实的海中森林。红树并不是红颜色的树，只是因为组成这种森林的成员大部分属植物分类上的红树科，因此通称红树林。红树林除红树科的木榄、红茄冬、角果木、秋茄等以外，还有使君子科、海桑科、马鞭草科、紫金牛科等植物，它们是热带、亚热带海岸特有的植物群。由于生长在海湾、河口，长期受到海水的浸泡和台风的袭击，这些林木形成了自己特有的生存方式和繁殖能力。

生长良好的红树林高达 6 至 10 米。靠着树干基部纵横交错发达的支挂根和板状根扎根海滩，抗击着狂风巨浪。红树植株周围还长有很多呼吸根，可以满足对空气的需要。又厚又硬的叶子既能减少水分蒸发，叶片上还有排盐线，用来排除海水中的盐分。红树林的繁殖也很独特，当果实成熟，种子就在果内发芽生长，不离母树，吊挂在树上，待幼苗发育成熟，便和果实一起落入海滩淤泥中，几小时后就能生根。如果被海浪冲走，在水中漂泊几个月也不会死，一旦遇到海滩，就扎根生长。这种繁殖方式，植物界是很少的，人们称它是植物界的"胎生树"。

红树林在我国福建、广东、广西、台湾的淤泥质海岸和河口一带,都有生长。但以海口市琼山区东寨港的红树最佳。这里种类多、长势好,红树面积有 3000 公顷,海岸线长达 50 多公里。1980 年,国家在这里建立了东寨港红树林自然保护区。

红树林也是动物的乐园。据保护区统计,这里的鸟类有 40 多种,像海鸥、白鹭、苍鹭、鸬鹚、八哥等。红树林下面的海水中,生长着鱼、虾、蚌、贝等多种水生物,我还看见一只螃蟹在红树枝丫上爬。

红树林挡风固堤,就像是海上一道屏障,保卫着农田村舍。它的根还能积沙淤泥,开拓新的滩涂。临走时,我不禁自言自语地说:海里有森林,而且是红色的。我大声地赞美,红树林,坚强的绿色海岸卫士!

文昌椰海

椰子树是海南的省树,全岛到处都有它的踪影,但最多的地方还是在文昌,素有“海南椰子冠全国,文昌椰子半海南”之说。

来到文昌,就像进入了“椰海”,河边、路旁、山脚、海滨,满眼都是椰子树,一座座村庄,隐藏在密密的椰林中。据史书记载,汉朝时,这里就开始种植椰子。现在,全省椰树种植面积将近 30 万亩,年产椰果约 6000 万个,无论是产量还是种植面积,文昌都占海南省的一半。

我们去访问清澜镇的南岛村时、一路上汽车都在椰林中穿行。到了这个海边渔村,大家刚在椰树下坐定,殷勤的主人便送来了新摘下的椰果。拿刀砍掉一块椰壳用刀尖扎个小洞，插上吸管轻轻一咂，清凉甘甜的椰汁，那滋味是别的饮料难以比拟的。过去这里的风沙严重为害，种植了海防林以后，定住了流沙，改良了土壤，防护林和村庄里的树连成一片，大大减轻了台风灾害。

在文昌，我们还参观了宋庆龄同志的祖居和陈列馆。房屋四周绿树环绕，高高的椰子树格外引人注目。在宋庆龄祖居前面的木牌上，写着这样几行字"请栽椰子树作为参观留念——我的倡议书。爱华基金有限公司发起人周爱华""植树造林，绿化祖国，绿化神州，卅年富国，百年育民""文昌市为椰子之乡，世有栽种椰子树作为纪念的美风良俗"。真是热爱中华的倡议！真是有效的绿化宣传！

椰子树全身是宝，有着多种用途。"一年365天，椰子树就有360多种用途。"有人这样说。文昌市的一位老人告诉我："椰子树做屋梁，几百年都不坏。"我参观的时候看到，宋庆龄祖居的屋梁就是椰木做的。椰木可以做家具；叶子可以编席、盖房；椰果外面的棕皮可以做床垫、织地毯；椰壳可以做水瓢、饭碗和加工成活性炭，雕刻成精美的工艺品；椰肉可以炼油，制成椰奶、糖果、饼干、椰子酱和各种饮料。近年来，文昌生产的天然椰子汁，远销美国和东南亚等地。

椰树是常绿乔木，全世界共19科，20多种，文昌就有14个品种。椰树8年开花结果，盛产期20年以上，寿命长达百年。一年四季花开花落，果实不断。寻常一株椰树可以结果20至30个，多的可达100多个。文昌东郊玉树村有棵椰树,树龄10多年,年产椰果150多个,被誉为"椰树王"。

太阳河边

万宁市有条名字响亮的河,叫太阳河。太阳河畔有个著名的农场,即兴隆华侨农场。这里居住着从世界20多个国家和地区归来的2万多名侨胞,种植着橡胶、咖啡、胡椒等多种热带作物。"兴隆咖啡,饮誉世界。"我最初知道它,就是从一位由海南回来的同事,送我一包咖啡开始的。他告诉我说,这是国产的兴隆咖啡,味道清香,饮用方便,只要用开水一冲就可以了。他还说,1960年周总理来农场视察工作,招待所的同志端上一杯咖啡,他喝了一口,问道:"这咖啡是哪里来的?"场长回答:"农场自己种的。"总理高兴地说:"还是我们自己种的咖啡香啊!"后来,许多外宾也到过这里参观访问,兴隆咖啡的美名就流传开了,连来自"咖啡王国"巴西的贵宾也赞不绝口。

我也来到太阳河边,参观了兴隆农场的咖啡园,一串串成熟的咖啡果鲜红可爱。农场的人告诉我,这是从巴西引进的优良品种,生长很快,种下后一年就开花,第二年便结果,产量比一般品种高一倍多。接着,我们又来到了胡椒园。胡椒是藤蔓植物,缠绕在水泥柱上,还没成熟的果实,像一串串绿色的小圆珠,要到七八月变成黄红色后才可以采收,一株胡椒一年能收1.5公斤左右。

顺路我们又进入橡胶林,询问了割胶情况。兴隆农场种植了几万亩橡胶树,还建起了橡胶加工厂。走进招待所的庭园,真像进入了一座大花园:假山、水池、草坪、鲜花、青翠的椰子树、巨大的木菠萝、花红似火的木棉树,绚丽多姿,极富雅趣,一派南国园林景色。30多年前,这里还是蔓草一片,如今已经建成农工商相结合、农林牧副全面发展的现代化农业企业。用"兴隆"二字来概括农场的发展现状真是再贴切不过了。

天涯海角

在"天涯"石前留完影,又来到"海角"石边。在三亚市的名胜景点中,"天涯海角"是最负盛名的,其次才是"鹿回头""大东海""落笔洞"。

这里的风光的确不错,依山面海,前面是三亚湾,背后是下马岭。碧海、蓝天、沙滩、巨石、绿色的椰林、莽莽苍山,还有许多历史遗迹。古代有不少诗人、谪臣、迁客到过这里。据《崖州志》记载,仅唐宋两代,就有6位宰相被贬到此地。当年的海南岛是一个人烟稀少的"蛮荒之地",唐朝宰相李德裕被贬崖州,写下了这样的诗:"一去一万里,千至千不还,崖州在何处,生渡鬼门关。"这些同眼前的景色、同三亚市的发展情况相比,历史的反差实在是太大了。

礁石上的"天涯海角"4个字,过去有人说是苏东坡写的,实际上不是。"天涯"二字是清朝雍正十一年崖州太守程哲写的;"海角"是清朝末年一位文人写的,没有留下姓名。苏东坡在海南主要活动地点是儋州,没有发现他曾到过崖州的记载，更没有材料证明"天涯海角"是出自他的手笔。苏东坡诗中虽然也有过"天涯"字样，如"莫作天涯万里意，溪边自有舞雩风"，可这只是泛指非常遥远的地方，并非特指三亚的"天涯海角"。

漫步在"天涯海角"沙滩上，身后留下一行深深的脚印。起伏的海潮，白色的浪花，引发了我的思绪。昔日这里是偏远蛮荒，今天却成为旅游胜地。从北京坐飞机到这里才几个小时。还有来自海外的异国他邦的游人，真是万里咫尺，天涯比邻。

于贺兰山特有的植物,如斑籽麻黄、贺兰山蝇子草、单小叶棘豆等。贺兰山有成片的青海云杉和油松林,山风吹拂,"万壑松涛"。密林深处,灌木丛间有马鹿、香獐、盘羊、青羊,还有我国特有的兰马鸡,兰马鸡被定为宁夏回族自治区的区鸟。

贺兰山南北长约 200 公里,东西宽 20 至 30 公里,埋藏着丰富矿藏。有石灰石、白云石、磷灰石、石英砂岩、陶瓷黏土、煤炭等。储量最多的是煤,东麓的石嘴山已经建成一座新兴的煤城。汝箕沟出产的"太西煤"可以同世界上最优质煤媲美,被誉为"太西乌金";贺兰山小口子口源特产的贺兰石,被称为"兰宝";贺兰山麓洪广营一带,是宁夏滩羊的原产地,出产的二毛皮,轻暖美观,被称为"白宝"。

贺兰山也留下了许多历史遗迹。著名的有明代长城、拜寺口双塔、北段的武当山庙等。东麓的风景区小滚钟口,是"西夏古名胜地",当年大夏国皇帝元昊曾在这里修建了避暑离宫。山下的西夏王陵区,至今还矗立着座座金字塔样的灵台。

引黄灌区

青翠的水稻,金黄的小麦,一排排绿色的钻天杨倒映在泛着微波的渠水里。远处,一片茫茫的黄沙铺向蓝色的天边,真是一个奇妙的地方,塞上风光与江南春色融会在一起了,这就是被称为"塞上江南"的宁夏引黄灌区。

滔滔黄河像一条金色的带子,从西南向东北斜穿宁夏平原,流程 390 多公里。黄河上游地势高峻,水流湍急,过了黑山峡进入宁夏以后,水势逐渐平缓。从黄土高原带来的泥沙不断沉积,形成一片肥沃的平原。从秦代开始,人们就在这里修渠引水,种植水稻、小麦,开辟果园和牧场,形成富饶的鱼米之乡。"天下黄河富宁夏""黄河百害,唯富一套"指的就是这一带。秦渠、汉延渠、唐徕渠、大清渠等许多冠以朝代名字的渠道,至今水流不断。新中国成立后,又新开了东干渠、西干渠、跃进渠,修建了青铜峡水利枢纽,还大规模开展植树造林,形成一道道绿色的墙,一个个绿色的方格,组成了一个个护田林网,挡住了风沙的侵袭,减轻了干热风等灾害的危害。灌溉面积比解放初增长了 15 倍,全区平均每人有了一亩水浇地。灌区 11 个县市,基本实现了林网化,这里已经成为全国新兴的商品粮基地,75 万亩水稻平均亩产 1096 斤,最高的达到 1700 多斤,宁夏大米洁白晶莹、油润香口,可以和天津的小站米媲美。这里也是被称为"红宝"的宁夏枸杞的主要产地。盛夏时节,你到枸杞园里看看,绿色的枝蔓上挂着一串串果实,就像是玛瑙和红宝石。这里出产的瓜果,分外甜美。宁夏苹果、西瓜畅销北京、上海、港澳等地,还享誉海外。

大漠春色

大漠金沙,景色非常迷人。瀚海漫游,也是很令人惬意的。沙漠,给陌生人和旅游者的印象是美丽、神奇,甚至还有几分温柔,但是,对于熟悉它的,同它朝夕相处的人来说,印象却是暴虐、无情。狂风卷着黄沙,铺天盖地,吞噬着田园、房舍、村庄,沙进人退,多少人被迫背井离乡……

沙漠占据了宁夏8%的面积。腾格里沙漠、乌兰布和沙漠、毛乌素沙地将它紧紧包围,连连入侵。位于黄灌区的中卫市沙坡头区,解放初,流沙已经到了西城门下,被流沙埋没的耕地43000多亩。新中国成立后,宁夏人民开始向沙漠进军,茫茫沙海的边缘,出现了一条条乔灌草结合的防风固沙林带,一个个绿洲。沙漠中还修建了铁路,如果你乘坐北京到兰州的43次特快列车,就能亲眼看到铁龙穿沙海的奇观了。包兰铁路穿越腾格里沙漠长达40多公里,其中沙坡头地段起伏特别大。沙层的厚度有100来米,科学工作者和铁路职工采用扎方格沙障和种植沙生植物相结合的办法,建起了一条绿色长廊,止住了流沙的移动,使铁路畅通无阻。1984年成立了沙坡头自然保护区,这是我国第一个沙漠生态保护区。总面积20万亩,有200多种植物和30多种动物,除了红柳、黄柳、花棒、柠条、油蒿、沙打旺、骆驼刺等沙生植物,在能够引上黄河水的地方,还种植了樟子松、油松等乔木。动物中有珍贵的荒漠猫,还有从大漠深处跑来寻找食物的黄羊。

沙坡头,这个在普通地图上找不到名字的地方,已经成为世界闻名的治沙典型。几十个国家和地区的专家、学者到这里来学习、考察。

沙坡头也成了宁夏的游览区。这里有神奇的鸣沙山,有古老的美利渠。可以坐着羊皮筏子在黄河上漂荡,骑着骆驼在沙漠里漫游。

塞上绿洲——右玉

"春风又绿江南岸""杏花春雨江南"，这色彩鲜明像图画一样的诗句，多少次把我带到祖国的江南，让我沉浸在无边的春色之中。今天，我又重读起这些诗句，但这次它没有把我带到江南，而是使我想起塞北，把我带回了不久前访问过的山西省雁北地区。这里地处雁门关外、正在内长城和外长城中间，被称为"塞上高原"。提到塞上，人们很自然地就会联想到那漫天的风沙、干旱和荒凉。过去，我也是这样想。关于雁北，明代一位诗人就有过这样的描写："雁门关外野人家，不植桑榆不种麻。百里并无梨枣树，三春哪得桃杏花。六月雨过山头雪，狂风遍地起黄沙。"这不是诗人的夸张和渲染，而是当时塞上的真实写照。但现在已经不是这样了，30年来，雁北地区发生了巨大的变化，春风吹绿了塞上。

雁北的春天，来得比江南要晚得多，比北京也迟一个来月。但是在清明时节，我也领略了塞上的杏花春雨。虽然雨下得不大，杏花也只是早发的几枝。最吸引我的、给我印象最深的，还是这里的树：长城边上绵延几百公里的防风林带、桑干河畔密密层层的护岸林，古战场金沙滩上整齐的方格农田林网,还有那道道绿化的山沟,坡梁,一片片速生丰产林和苗圃。雁北人民用心血和汗水培育出来的绿色生命,正在改变着塞上高原的面貌,给这里带来了春天和希望。

在山西省,自然条件最差的要算雁北。在雁北,条件最差的又要数右玉县了。"一年一场风,从春刮到冬。"春播季节,种子和表土常常被大风一块儿刮走,狂风刮得天昏地暗,白天都要点灯。右玉县的老城是明代修建的,3丈6尺高的城墙,早就被风沙埋没了,我们顺着沙坡就登上了城头。离老城不远,是长城的重要关口——杀虎口,出关,就是内蒙古。这里历来是兵家必争之地。由于战争兵火,自然生态遭到严重破坏,到新中国成立前夕,全县林木覆盖率只有千分之三。风沙、干旱、霜冻、冰雹四大灾害,使右玉成为一片不毛之地,劳动人民挣扎在苦难线上,过着"男人走口外,女人挑野菜"的悲惨生活。"哥哥你走西口,妹妹心凄惶。"雁北地方戏二人台《走西口》,表现的就是丈夫到口外逃荒,夫妻长别离的痛苦场面。西口就是指杀虎口。可以想象得出,当年站在杀虎口关城上,看到的会是一幅什么景象:风沙漫天,蓬蒿满地,逃荒的人一步一回头,难舍难离自己的故土。现在,出现在我眼前的是:一片片整齐的耕地,一辆辆卡车在柏油路上奔驰,满载着乌金似的煤炭经过关口向内蒙古开去。从杀虎口往东,沿着古长城是一条长长的防风林带,它和平鲁、左云、阳高、天镇等县的林带一起,组成了一道新的绿色长城。30年来,右玉县已经营造了13条这样的大型林带,还有81条中型林带和6处万亩以上的林区,造林面积97万亩,森林覆盖率达到30%,生态环境有了很大改变。地面风速降低了,沙暴日减少了一半,从 1975 年到现在,已经有 7 年没有刮过黄风,霜冻冰雹减少了,雨量增加了,全县有 100 多万亩土地控制住了水土流失……

苍头河是右玉县最大的河流。过去一到雨季,洪水横流,真是"河无边,地无埂"。如今沿河已经营造了一条由小叶杨、沙棘和河柳组成的护岸林带,大片河滩地种植了牧草和庄稼。狐狸、野兔、野鸡、石鸡、喜鹊等几十种鸟兽,都来这儿安家了。夏天,波光闪闪的河面上,还浮游着成群的野鸭。

林茂粮丰,粮食产量也逐年上升。去年,虽然遭受了低温、干旱等灾害,粮食总产量仍然达到 5700 多万斤。

过去,右玉没有果木树,小孩们常常摘几把沙棘的浆果解馋。这种黄色的像豆粒一样的小果子,人们还给它取了一个名字叫"酸溜溜"。现在全县有 50 个大队建起了果园,种了梨、杏、苹果,还有葡萄。

从只有"酸溜溜"到吃上本地的甜葡萄,从干旱荒漠进入绿色林带,这是一个飞跃。是人与干旱风沙斗争的胜利成果。这场斗争还在进行着。在黄沙洼,我就看到了这场战斗的部分情景。

黄沙洼,正像它的名字表示的那样,是个黄沙堆积的地方,长 10 公里,宽 4 公里,大风挟着流沙,每年以 1.5 米到 2 米的速度,向附近村庄进逼。1956 年,右玉人民向它宣战了,但出师不利,种下的第一批树苗,差不多全军覆没了。有的被风刮走,有的被沙埋住,有的成了干枝条。可人们并不气馁，他们总结经验，采取多种办法，经过多少个回合的搏斗，终于使绿色的生命在沙丘上站住了脚跟。在当风的坡梁上，我看到不少小叶杨的树根裸露在地面，那树根像鸡爪似的，紧紧抓住土壤毫不退缩。在一道沙埂上，有一棵七八米高的小叶杨，风把根部的土壤刮掉了，它的根一部分扎进更深的土层，另一部分横着伸向东面的土丘。我数了数，裸露的根总共有 23 条，最长的一条竟有两米多。这棵小叶杨就像个威风凛凛的勇士，站在那里，坚守阵地，傲视着风沙。在另一面山坡上，很多树被黄沙埋得只剩下树冠，可仍然生机勃勃。它们采用层层生根的办法与风沙搏斗。沙埋长出一层根，埋得越深，站得越稳，始终把头伸在黄沙上面。现在黄沙洼上，已经营造了小叶杨林 22000 亩，基本上固定住了流沙。

坚韧不拔，不畏艰险，三十多年来，右玉县人民就是用这种精神与风沙干旱斗争的。从第一任县委书记张荣怀，到现在的第九任书记常禄，哪一位都是狠抓林业，年复一年，坚持不懈。使不毛之地，逐渐变成了塞上的绿洲。

在日本召开的一次国际荒漠会议上，林学家阳含熙教授介绍了右玉县的事迹，并且放映了电视纪录片，引起代表们极大的兴趣，很多人希望到右玉看看。地球日益沙漠化是人类面临的严重威胁，改造干旱荒漠是世界很多国家都在探索的问题。右玉的经验是可贵的，它给人以希望和鼓舞，它表明人在大自然面前不是无能为力的！沿着这条绿色的道路前进，风沙干旱的塞北，将会成为杏花春雨的江南。

春风无限潇湘意——永州纪游

金秋时节,我们来到了湖南省南部的零陵县。零陵古代叫作永州,是一个历史悠久、山水秀丽的地方。唐代杰出的散文家和诗人柳宗元曾在这里写下了著名的《永州八记》《游黄溪记》《江雪》《渔翁》等游记和诗篇,更使永州名传南北,成为游人心驰神往的胜地。

到达零陵的第二天,我们就去拜访了柳子庙。从永州镇出发,跨过潇水上的东风大桥,来到河西岸的柳子街。这条街道是为纪念柳宗元而命名的,柳子庙就坐落在街的中心。

柳子庙是一座三进三开的古建筑,正面开有三个庙门,正门上方有"柳子庙"三个大字石刻,周围是五龙戏珠浮雕。东面的门楣上刻有"清莹"二字;西面的门楣上刻有"秀沏"二字。"清莹秀沏"既是对这里自然风光的描绘,也是对柳宗元高尚情操的赞美。进入大门是一座翘角重檐的戏台,檐下雕刻着狮子、凤凰等十分精美。二进是中殿,最后是正殿。柳子庙最早建于唐宪宗元和九年,也就是公元815年,以后经过多次重修,现存的柳子庙是清朝光绪三年修建的。正殿原来有柳宗元的塑像,过去经常有人到这里祭祀。柳宗元是永州人民最崇敬的一位古人，他在公元805年被贬为永州司马，在这里整整待了10年。长期的政治迫害，悲愤忧郁的生活使他进一步接近和了解劳动人民，写出了许多著名的文章和诗篇，深刻地反映了劳动人民的苦难，揭露了统治者对他们的残酷压迫和剥削。在《捕蛇者说》这篇作品里，柳宗元以自己的亲身体会，用尖锐的笔墨，描绘出了一幅"苛政猛于虎"的血淋淋图景。他沉痛地指出，官吏的暴虐，赋税的沉重比永州野外的毒蛇还要可怕！在《送薛存义序》这篇文章里，柳宗元针对当时腐朽黑暗的统治，公开指出官吏不是人民的主人，应该很好地为人民办事，否则人民就有权罢免他、惩罚他。在一千多年以前就能提出这样的主张，确实是难能可贵的。柳宗元生前做了许多好事，受到了人民的爱戴，死后人民也非常怀念他，一直到现在还流传着柳公射蛇、驱除火鸟、治理愚溪等传说故事。

从柳子庙正殿穿过后门，看到对面墙壁上嵌有4块石碑，这就是有名的《荔子碑》。荔是荔枝的荔，因为碑文的头一句是："荔子丹兮蕉黄。"所以起了这个名。荔子碑也叫"三绝"碑。碑文是唐朝大文学家韩愈作的，字是宋朝大诗人、书法家苏轼写的，内容是有关柳宗元的事迹，所以号称"三绝"。

柳子庙前面有一条小河，这就是愚溪。是当年柳宗元曾经游玩的地方。愚溪原来叫冉溪，因为有姓冉的人家住在这里，还有的说，过去溪水呈黑色，像染料一样所以也叫染溪。后来，柳宗元从永州城迁居到溪旁，改名为愚溪，并写有"八愚"诗,刻在溪边的石头上,可惜已经失传,现在人民只能读到《愚溪诗序》这篇优秀的散文了。

我们沿着愚溪溯流而上,一边观赏沿岸景色,一边寻访柳宗元在《永州八记》中描写的地方。溪流不大,清澈见底,沿岸虽然不如柳宗元所写的"青树翠蔓,蒙络摇缀,参差披拂",但仍然可以看见丛丛的翠竹,低垂的绿柳。从柳子庙向西不远,就到了钴鉧潭。如今这里已经修建了一座小型水电站——愚溪电站。大坝下面,一湾碧水,刻在溪边石壁上的"钴鉧潭"三个字,已经被淹没在水库下面。由于年代久远,这里的自然风貌有了很大的改变,原来荒僻的愚溪两岸,如今开辟成了块块稻田,山坡边上也住了许多人家。柳宗元在游记中的钴鉧潭西边二十步的石垒鱼梁已经没有了,上面的小丘和小石潭也找不到了。熟悉这里历史和地理情况的老舒同志领着我们穿过条条小道,绕过座座山坡,寻访了《永州八记》中描写过的石渠、石涧、袁家渴和小石城山。石渠上有两座石桥,渠底布满了大大小小的石块,水声潺潺。岸上长着青翠的竹丛,渠边斜坡上开满了水蓼花,一片粉红。石涧在一个叫沙沟湾的村边,涧底和两岸都是石壁,仍像当年柳宗元在《石涧记》中所描述的那样:"亘石为底,达于两涯。"阳光映照水面,波影反射在石壁上,像无数条金线在蠕动。袁家渴就在潇水岸边,是一个大回水湾,前面有长长的沙洲,水中露出几块像小岛一样的黑石头,向远方望去,对岸就是南津渡。小石城山在黄茅岭的北面,高约百米,长约 500 米,周围是悬崖绝壁,山顶黑色的石头环立,看起来好像是人工砌成的城墙和堡坞。

当年柳宗元游览小石城山的时候，这里还是偏僻的荒野，今天已经成了永州镇的工业区，有造纸厂、氮肥厂、酿酒厂等。

零陵的名胜除了《永州八记》中描写的以外，还有朝阳岩、香零山、苹岛、澹岩、回龙塔等。其中朝阳岩被称为零陵绝胜。朝阳岩就在城对岸的潇水边上，本来叫西岩。唐朝永泰二年(公元 766 年)，诗人元结到这里游览，看到岩洞向东，就写了一篇《朝阳岩铭》和一首游朝阳岩诗。从这以后，人们就称这里为朝阳岩了。柳宗元也经常到这里游玩、饮酒赋诗。岩口的石壁上还存有柳宗元《渔翁》诗的模刻。全诗一共六句："渔翁夜傍西岩宿，晓汲清湘燃楚竹。烟销日出不见人，欸乃一声山水绿。回看天际下中流，岩上无心云相逐。"作者用明快而清丽的笔调，描绘了这里在日出前后神奇变幻的景色。

朝阳岩，水石幽奇，绝崖深洞，吸引着无数游客，历代名人在石上题刻很多。朝阳洞洞口开阔，上方刻有"朝阳洞"三个字，十分醒目。整个岩洞长约 270 米，一股清泉从洞中流出，发出叮叮咚咚的响声。

从朝阳岩出来，我们坐小船渡过潇水，登上永州城的高山寺，这是全城最高的地方。唐朝的时候，这里叫法华寺，柳宗元曾经在这里住过，在寺的西面建了一座西亭，写有《永州法华寺西亭记》等文章。站在这里可以俯瞰全城。过去永州虽然以山水绮丽闻名全国，但是交通闭塞，城市残破。到新中国成立以后，才面貌一新。城市建设、交通运输和文化卫生事业都有很大发展。幢幢高楼代替了阴暗潮湿的木板房,平坦的水泥和柏油马路代替了高低不平的麻石路。一座雄伟的公路大桥横跨潇水之上,为古城增添了强烈的时代气息。离大桥不远的地方,矗立着一座造型优美的七级宝塔,这就是明代兴建的回龙塔。再远处是竹树掩映的苹岛——潇水和湘水汇合的地方。宽阔的江面上行驶着艘艘船只……

"春风无限潇湘意",古老的永州正准备接待更多的游人,等待人们为它谱写新的篇章。

昆虫世界——武夷山

浓的绿荫,潺潺的流水。穿行在武夷山的密林中,我仿佛回到了童年时代。远离喧闹的城市,复归宁静的绿色世界。

武夷山自然保护区的天然植被,是我国东南部地区存得最完好的部分,动植物资源非常丰富。武夷山是一个特种基因宝库,世界闻名的"生物模式标本产地"。在各种动物中,最多的又要算是昆虫了。全国昆虫有 32 个目,1000个科,武夷山自然保护区已经定名的就有 31 个目 300 多个科,5000 多种。而且采集到的大部分种类是这个地域特有的。在一个地方生存着这么多的新种、稀有种,在世界上是少见的。

同许多孩子一样,从小我也很喜欢昆虫,法国昆虫家法布尔笔下那些有趣的昆虫故事,曾经使我着过迷。来到这"昆虫世界", 真有点童心大发。我登上了武夷山的主峰——黄冈山,走遍了大竹岚和挂墩。大竹岚和挂墩是武夷山的两个地方,在保护区的中心地带,这里又是武夷山昆虫最多的地方。大竹岚就像它的名字一样,是一座长满竹子的山岚。竹荫下面,灌木草丛中是昆虫理想的栖息地,人们单是在这里发现的昆虫，就有 300 多个科，占了全国昆虫种数的 1/3。在采访中，我认识了一位保护区从事昆虫研究的年轻人，他叫汪家社。晚上有空我就去找他。

办公室里，明亮的灯光下，就我们两个人无拘无束地谈着。夜静静的，只有窗外的山溪哗哗地流着，给我们的谈话增添了一些背景音响，这条山溪就是武夷山风景区著名的九曲溪的上游。没有它，武夷山的风光至少要失去一半的魅力。尽管它对我的录音有些影响，但我还得欢迎它。

小汪是个热情而又健谈的年轻人，南京林业大学的毕业生。我们的话题主要就是昆虫，也谈到生活、工作、兴趣和追求……

武夷山昆虫资源丰富，大竹岚有"昆虫世界"之称。国内有 32 个目昆虫，这里采到了 31 个目，只差一个缺翅目。

1982 年 8 月的一天，汪家社采集标本的时候，抓到了一只美丽的蝴蝶，后来经过中国科学院动物所专家李传隆鉴定，是一只金斑喙凤蝶。这下他们可高兴了，因为这种蝴蝶是非常珍贵稀有的，金斑喙凤蝶标本世界上才几只，国外有五六只，在英国伦敦自然博物馆的昆虫标本珍藏室里陈列着 3 只，标签上的采集地写着"中国广东连平县"。我国国内也不到 10 只，而且大都是 1980 年以后才采集到的。

武夷山自然保护区是一个森林生态系和珍稀植物类型的综合性自然保护区，昆虫只是这个物种宝库中很小的一部分。由于武夷山地处亚热带，又是动物地理分布和植物区系的过渡带，还是候鸟南北迁飞的歇脚地，所以南到海南岛,北到大兴安岭的动植物,大都可以在这里找到。1979年,武夷山自然保护区被正式划为国家重点自然保护区。1987年又被联合国接纳加入世界"人与生物圈"自然保护区网。

草原上的天鹅湖——巴音布鲁克

你天外的来客
多么自由自在
完美的造型
轻盈的体态
崇高而又温柔
比雪花更洁白
湖上的浪花
天上的云彩

这是著名诗人艾青 1983 年为天鹅邮票题的一首诗,对天鹅作了高度的赞美。

天鹅的确很美,雪白的羽毛,鲜红的头冠,无论是游水、飞翔、站立,姿态都是那样潇洒、优雅……

要是你到过新疆的巴音布鲁克大草原,看到过那里的天鹅湖,那情景将会使你终生难忘。

巴音布鲁克草原,位于新疆维吾尔自治区巴音郭楞蒙古自治州和静县境内,像块巨大的翡翠,镶嵌在冰山雪岭之中。在它的中心地带,有一座东西长 30 公里、南北宽 10

公里的高山湖泊,这就是巴音布鲁克天鹅湖。高山上的冰雪融水和地下的涌泉在这里汇集,成为沼泽地上的河流,盘成许多道大弯,迂回曲折,港汊交错,形成一个个小岛,一处处海子。

巴音布鲁克在蒙古语中是富饶水源的意思。这里水草丰美,鱼类、水生昆虫、蠕虫到处都是,为天鹅、斑头雁、白鹭、银鸥、黑鹳、灰鹳等候鸟准备了丰富的食物,提供了良好的生活环境。在各种水禽中,最多的是天鹅。目前,世界上有 5 种天鹅,巴音布鲁克就有 3 种:大天鹅、小天鹅和疣鼻天鹅。1980 年,这里被划为我国第一个天鹅自然保护区。

巴音布鲁克的确是天鹅的乐园。每年春天水面刚刚解冻,天鹅从地中海、印度洋沿岸长途跋涉飞到这里,开始它们的爱情生活,建立家庭,繁育后代。结成伉俪的天鹅,选择僻静的地方,用树枝枯草垒起一个大圆包,在顶部铺上干燥松软的苔藓、草叶做成舒适的巢。4 月中旬,开始产卵,一次 4 到 8 枚。孵化时,由雌雄天鹅轮流值守。经过一个月左右,雏鸟破壳而出,三四个小时以后,小天鹅就能跟着父母下水游泳觅食。两个月后体重就可以达到 4 公斤以上,同时也练就了远距离飞行的本领。最大的天鹅,身长可以达到 1.8 米,有 13 公斤重。等到秋天,幼鸟羽毛丰满,便集群南飞。

巴音布鲁克的天鹅之所以多,主要原因是地理环境好,气候条件适宜。这里海拔 2500 米,没有明显的四季,只有寒季和暖季之分。每年 6 月到 8 月是暖季,平均气温在 8℃至 10℃,最热的时候,也只有 20℃左右。还有一个很重要的因素是,这里四周高山环抱,交通不便,人烟稀少,只有少数蒙古族牧民冬天在这里放牧。

蒙古族牧民有着传统的爱护天鹅的优良习俗,他们把天鹅看作吉祥鸟和忠诚的象征,把骚扰天鹅看作极不道德的行为,把杀害天鹅的人看作凶手。当地的蒙古族老牧民说,他小时候,这里天鹅满天飞,嘎嘎的叫声,响成一片,有时说话都要大声才能听见。天鹅的巢往往就筑在距离蒙古包只有百米远的地方,人与天鹅的关系十分和谐。

岩石上的森林——茂兰自然保护区

看到过桂林山水的人,无不赞美它的奇峰异石,但赞赏之余,往往不免又感到有点遗憾,总觉得还少了点什么?少了点绿色!要是有些树该多好啊!可是石头上能长出树来吗?我国真有既有奇峰异石,又有绿树掩映的地方吗?有!它就在贵州省南部荔波县附近的茂兰。

茂兰自然保护区正处在云贵高原向广西丘陵过渡的坡面上,面积有 30 多万亩,无论是尖削的山峰,还是低陷的盆地,到处都密布着原始森林,覆盖率达到 92%以上。这里有高大的乔木,有密密丛丛的灌木,各种粗细不等的藤条,藤缠树、树绕藤,难解难分。这里水流纵横怪石遍地,上面长满了苔藓。

更有意思的是在茂兰自然保护区里,不论大树、小树,众多的根系都暴露在外面,长在岩石上。仔细观察发现,原来是条条树根,紧紧地抱着岩石,在岩石的缝隙中插到土里,经过多年的生长,发育,树根和岩石已经成为一体。即使树倒了,根也抱着岩石不放,有时候甚至把岩石掀翻。

为什么会形成这样的现象呢?追溯历史,大约是两亿年以前,茂兰地区原是一片大海,由于地壳运动,海底石岩上升成为陆地,年复一年,流水和雨水的不断侵蚀,使石灰岩中的碳酸钙被溶化,渐渐形成岩洞、石暗河、陷穴,经过长期的自然选择和适应,在缺少土壤又不易储存水分的石头上,长成了森林,这可不是一件容易的事。要保住它,也是非常困难的,一是自然条件的变化,再就是人类活动的影响。

现在,世界上能比较完整地保留石灰岩上长有原始森林的地貌已经很少了。我国岩溶地区约有 200 万平方公里,其中大部分地区,特别是人类活动比较频繁的地区像广西桂林、云南石林,都是只见石山不见林子。茂兰为什么能见石见林如此完整地保留岩溶地貌原始林带呢?这和茂兰的地理位置、自然环境是分不开的。

茂兰地处北回归线附近,平均海拔 800 米,年降水量1000 多毫米,超过乔木林需水量的一倍以上;森林植被和腐枯枝叶既阻止了地表水的渗透,也为林木生长提供了养料;丰富的地下暗河和泉水,与地表水形成一种良性循环,改变了岩溶地区时涝时干的状态,为林木生长发育提供了充足水源。这里年平均温度在 15℃以上,具有顽强生命力的林木种子,在这样气温、水分的环境中只要落在岩石缝隙中和苔藓上,就可以发芽、生长、成林。

茂兰自然保护区除了翠绿的山峰以外,还有峰丛漏斗、峰丛洼地和峰林盆地等自然景观。所谓峰丛漏斗就是四面环山,中间形成一个洼地,这种洼地直径一般几十米到一两百米不等,它的底部有很多岩石、洞穴,和地下河相连。一下雨,这个洼地就像漏斗一样,地表水由此流入地下。大多这种峰丛漏斗地形比较潮湿,是种子发芽生长的良好环境。这里森林茂密,苔藓、藤萝繁殖很快。峰丛洼地相对宽大些,由于地下水源丰富,常被辟做农田耕耘。峰林盆地一般较平坦,多是人口聚居地区。

石漠化或半石漠化已经成为岩溶地貌的普遍景观,像茂兰这样的地方世界已不多见,茂兰可以说是保存了岩溶地貌的原始状态,而桂林、云南石林等地已是岩溶地貌发展到后期的状态了。

茂兰自然保护区之所以宝贵,在于它保存了地球上一种难得的、独特的森林群落类型——亚热带岩溶森林,为人类全面认识岩溶地貌的形成条件和发展历史,提供了可贵的天然实验室和特殊的生物基因库。

赤水河畔的"桫椤王国"

　　贵州赤水河畔荔波县,有一个自然保护区,它的主要保护对象是一种巨大的恐龙时代的孑遗蕨类植物——桫椤。也就是说,它是一亿八千万年以前,和恐龙一起生活的盛极一时的植物。后来,由于气候、环境的变化,桫椤几遭劫难,生存下来的已寥寥无几,可是在我国贵州的赤水河畔,发现了一个较大的群落,总数达两万株以上,是研究古生物、古气候、古地理不可多得的活标本。1984 年,在这里建立了"桫椤自然保护区"。

　　桫椤外形有点像椰子树,树干挺立,由于茎部木质化,形成高大粗壮的树干,所以也叫树蕨。株高一般 6 至 8 米,没分枝,叶子长在树顶上,伸展铺开,很像是一把撑开的绿伞。桫椤的叶子很奇特,它的每片叶子是由小羽片组成的大羽片,再由很多大羽片构成。专家们称这是"三四羽状复叶"。叶片长 1 至 3 米,每年能长 10 至 40 片。叶柄上长有很多蜇人的小刺,是起保护后代作用的。每年 5 月下旬以后,桫椤叶子的背面,长出很多小黑点,它叫"孢子囊群"。7月中旬,成熟的孢子掉落地面后,先经原叶体萌发,长出假根,独立生存。这时,原叶体内的精、卵凭借水的游动,结合成合子,合子通过原叶体吸取的养分,发育成新的幼苗。

桫椤几乎全身都长根,叫"不定根"。它即使倒在地上,靠这些须状的不定根,仍能生存。

赤水河畔属中亚热带的温湿气候,雾多、雨多,湿度大,河流小溪,纵横交错。在海拔 300 至 500 米的沟谷地带,冬暖夏热。幽静的环境,使桫椤这一蕨类植物能繁衍至今。现在桫椤科植物在地球上仅有约 600 种了。在我国主要分布在华南、西南等地,大都变得身材矮小了,一般只有三四米高。赤水桫椤自然保护区,面积有 3200 公顷,地形复杂、封闭,水热条件优越,人为影响较少,原生植物保存完好,阔叶林和竹林覆盖了大片地区。这里除了有大片的桫椤分布外,还有其他蕨类植物 170 多种,山茶科 20 多种,樟科、桑科、蔷薇科和名贵中药材多种。珍贵的动物有云豹、毛冠鹿、苏门羚、小灵猫、穿山甲等。

地下博物馆——山旺自然保护区

　　大自然中，各种各样的树木花草，形形色色的飞禽走兽，按其生存条件，繁殖、发展、进化。人们不禁想问：它们以前是什么样子呢？……几万年，几千万年前是什么样儿？现在还能看到古代这些动植物的形态和样体吗？能！大自然把它们的印迹和形象清晰地留在了化石上。化石就是古代生物保存在岩层中的，石化了的遗体或遗迹，是自然界为我们留下的极为难得的宝贵遗产。在山东省临朐县城东20公里的地方，有个山旺村，这里蕴藏着大量距今约1500万年前的生态环境化石，为研究第三纪中新世的生物地貌提供了宝贵的科学资料。1980年国家在这里建立了山旺化石保护区。

　　山旺村的生物化石，不但数量多，门类也较全，已发现的大约有400种，包括苔藓、蕨类、裸子植物和被子植物，以及昆虫、蜘蛛和5大类脊椎动物——鱼、两栖、爬行、鸟类、哺乳类。其中以植物化石最多，有温带的杨属、柳属、桦属、山核桃属等，也有亚热带的榕属、合欢属、梧桐属等。从多数的化石中，可以清楚地看到纤细的叶脉和绽开的花朵。在一块蜻蜓化石上，可以清晰地看到蜻蜓翅膀的印迹，连翅膀上细小的纹络也能辨认。水中游动的鱼群,活泼的蝌蚪,蝙蝠体上的翼膜,甚至老鼠的胡须等,都在化石上留下了当时的神态。一块鹿的化石,不但四肢齐全,连分叉的鹿角也保存完整。这里还有第一次发现的最完整的鸟化石,经过鉴定,定名为"山东山旺鸟"。这只化石鸟,头侧视,颈部弯曲,两翅张开,两肢直伸,神态自然,是一种生活在2000万年前不知名的鸟类。

山旺村为什么能如此完整地保存这么多生物化石?这些生物化石又是如何形成的呢?原来,距今1500万年前,山旺村一带原是一片较大的湖泊,湖水中滋生着丰富的单细胞生物硅藻,硅藻死后,其中的一些成分与泥土一同沉于水底,日久天长,一层一层沉淀起来,便成了硅藻土。湖中岸边的生物死亡以后,沉积下来,埋在硅藻土层中。硅藻土吸附力很强,有耐水性和绝热作用。动、植物一旦被硅藻土吸附后,被埋起来,没有受到氧化作用的破坏。经过几万年、几千万年气候、地质的变迁,湖水干涸,上升形成山丘。生物被石化后,成为今天看到的生物化石。古代生物并不是都能形成化石,要有合适的埋藏环境。山旺村的硅藻丰富,沉积后的环境宁静,沉积物轻、薄、细腻,为形成完整的生物化石创造了极有利的条件。

达尔文在他的名著《物种起源》中曾经说过:"应当认识到一个含有大量化石的沉积地层,需要依靠难得的有利环境才能存在。"像山旺这样含有珍贵化石剖面的地层,的确需要我们倍加重视和保护。

瑰丽的海底世界
——三亚珊瑚礁自然保护区

海南岛最南端的三亚市,是我国著名的游览胜地。这里有令人神往的天涯海角,美丽的鹿回头,还有大东海、落笔洞、小洞天等。更使人着迷的是,它附近的海域还有一个彩色的水下世界,珊瑚王国。

三亚地处亚热带,自然环境良好。这里阳光充足,海水温暖,洁净,很适宜珊瑚的生长。在漫长的地质年代,多种珊瑚在这里繁衍,形成了大片珊瑚礁,构成了海底花园,一簇簇、一片片的珊瑚,形态多样,色彩缤纷。有的像树枝,有的像鹿角,有的像松柏,有的如盛开的花朵。深红、浅绿、橙黄、乳白,真令人眼花缭乱。

美丽的珊瑚自古以来就受到人们的珍爱,被当作宝石,同珍珠、碧玉并列。古人还曾误认它是植物,把它叫作石花珊瑚树。其实,珊瑚是动物,我们通常看到的珊瑚是珊瑚虫群体死后留下的石灰质骨骼。珊瑚虫属于低等的腔肠动物,过着群体生活,亿万只珊瑚虫聚集在一起组成一个庞大的生活共同体。单个的珊瑚虫形体细小,大的才一厘米长,小的只有几毫米。但尽管小,它们都有独立吸取、繁殖后代的本领。它们身体呈圆筒形,有花瓣似的触手,捕捉水中微小的生物。用出芽的方式繁殖后代,芽体连接,互不分离,并且不断地分泌出石灰质,组成了"珊瑚树"的树树杈杈,残骸越积越多,逐渐形成了石灰岩、礁石和岛屿。

珊瑚虫在海洋中筑成的珊瑚礁,不但保护了自己的生存,也给海洋中其他的生物提供了栖息的地方,鱼、虾、蟹、贝,各种浮游生物和藻类等等,在这里构成了一个充满生机的水下世界。在亚龙湾金色的沙滩上,一位潜水员向我描述了水下的情景:当我向海的深处潜去时,呈现在潜水镜前的是一块块彩色的珊瑚礁,艳丽的热带鱼穿行在珊瑚丛中,真像飞舞的彩蝶,胖乎乎的大海参,悠悠忽忽,一群蓝灰色的小鱼从我身边擦过⋯⋯月夜,更像进入了童话的境界,各种珠贝、海藻、珊瑚都带有闪光的磷质在眼前闪闪烁烁,忽然,前面亮起了点点灯光,原来是一群腹部长有发光器的发光鲷鱼,像孩子们提着灯笼一样,多么神奇的水下世界!多么丰富的水底资源!

为了保护这些珍贵的海洋生物和相关的生态环境,1990 年 9 月,国家在鹿回头半岛沿岸,东西瑁州,亚龙湾海域,陆海总面积 85 平方公里的区域内,设立了国家级的三亚珊瑚礁自然保护区。

读

书

知

味

诗和鸟

中国,诗的国度;中华,有着爱鸟的传统。多少诗人描写和赞美过鸟,鸟儿早就成为人类的朋友。

"嘤其鸣矣,求其友声""关关雎鸠,在河之洲"。古老的《诗经》里,就有很多这样的诗句。

"自去自来梁上燕,相亲相近水中鸥""众鸟欣有托,吾亦爱吾庐",鸟儿与人一起,和谐生活相处。

"春眠不觉晓,处处闻啼鸟""风暖鸟声碎,日高花影重",如果没有鸟语,春天会是多么单调、寂寞。

"百啭千声随意移,山花红紫树高低""花开红树乱莺啼,草长平湖白鹭飞",百鸟争鸣,万花竞放,这才是春的本色。

"漠漠水田飞白鹭,阴阴夏木啭黄鹂""风翻白浪花千片,雁点青天字一行",是诗,是画,是诗与画的交融。

"在天愿为比翼鸟,在地愿为连理枝""得成比目何辞死,愿作鸳鸯不羡仙",双飞、比翼,鸟儿是忠贞爱情的象征。

"晴空一鹤排云上,便引诗情到碧霄",鸟儿唤起了诗人的灵感;"子规声里雨如烟""布谷声声劝早耕",鸟儿提醒人们要珍惜宝贵时光。

好鸟枝头皆朋友,愿鸟儿和诗句张开彩色的翅膀,永远在世界上飞翔。

鱼跃人舞　妙趣天成

　　一条鱼从水中跃出，激起层层波纹；一个姑娘在翩跹起舞，手中长带飘展。这鱼，弓腰曲背，圆眼张口，尾鳍俱全。姑娘，细腰长裙，右手前伸，左臂后垂，神态生动。但这并不是画家的创作，而是一块石头上的天然花纹。更奇妙的是这两个不同的形象，竟出自同一幅画面，不过前者是正着看，后者是倒过来看。这巧妙的安排，人工构思也未必这样精巧。

　　这是一块羊肝石，长约四厘米、宽三厘米、高二厘米。是我在北京郊区门头沟偶然拾到的。一天晚饭后散步时，看到路边石堆中有一块褐红色小石头，上面好像有些白色花纹，我弯下腰随手拾起来，边走边欣赏，细看花纹，这不是一条鱼吗？一条从水中跃出的鱼！鱼头正中还有只圆圆的小眼睛，身下白色的条纹，不正是激起的水波吗？回到房间用水洗净，倒过来看，这条鱼竟变成了一个舞蹈的姑娘，鱼尾像拖地的长裙，水波成为她手中抛出的飘带。令人联想起舞剧《鱼美人》和越剧《追鱼》中的动人情景。真是鱼跃人舞，妙趣天成。

海边的玛哈

十八世纪西班牙画家戈雅，创作过两幅同样构图的人物画，一幅叫《着衣的玛哈》，一幅叫《裸体的玛哈》。画面上是一位年轻的女郎，半躺在床上，双手枕在脑后。目光漫视前方，恬静、美丽，洋溢着青春的气息。

一个秋天，我在北京西面的莲花池拾到一块石头，略呈三角形，绿底上有白色花纹，一位女郎躺在海边岩石上，周围泛着一圈浪花。这不是戈雅的画吗? 玛哈来到了海边。是谁在模仿? 是大自然，不! 这块石头在戈雅出世前，就已经存在亿万年了。是戈雅吗? 他创作的时候，这块石头还没有被发现。偶然、巧合，谁也找不到答案，只能发出由衷的赞美和惊叹。这块石头画，就叫它"海边的玛哈"。

并不是完全"无能为力"

季羡林先生的《成功》,一千多字的短文,言简意赅。以其"七八十年之经验,得出成功的简明公式:天资+勤奋+机遇=成功"。用"天资"不用"天才",很有道理。我特别喜欢大学问家的小文章,像吕叔湘先生的语文短评、王力先生的"雕虫"、茅以升先生的科普作品。深入浅出,直达精髓,以一当十。

"天资是由天来决定的,我们无能为力。机遇是不期而来的,我们也无能为力。只有勤奋一项完全是我们自己决定的。"对这段话,我也像季老对待王国维先生的"三种境界"说一样,"我不敢说,这是他的疏漏",但对两个"无能为力"似可做点补充说明,天资是先天的,但后天也可以有所改进,如记忆力,可以用科学方法和合理营养加以改善和开发;机遇虽不可期,但可以有意识地去寻找,并要善于抓住机遇。所以从某种意义上说,对天资和机遇,也并不是完全无能为力的!

For better, to best

"All or nothing",有人把这句话译为"不全则宁无",我发现自己也有这种思想。不知道它在 Blanld(挪威戏剧家易卜生剧中人名)的行动上是怎样表现的,因为我还没有看过这部诗剧。

要么就做得好好的,要么就干脆算了。这种思想有好的一面,能使一件事情做得比较完满,如果条件好,开头又顺利的话。但是,从根本上说,这种思想是不可取的,因为它太绝对了,不符合辩证法。一件事情,总不会是十全十美的,特别是开始的时候。好的条件也是相对的,不是一下子就全部具备。从不全到全,要有一个过程。正确的做法应该是,不断完善,不停顿地向着预期的目标努力。新年,一位朋友给我寄来张贺年片,上面有这样一句话: For better, to best! 意译是:锐意进取,追求卓越。正好用来作为这篇短文的题目。

虫 大虫 人虫

武松打虎的故事,大家都很熟悉,可是不知道你留意过没有,施耐庵在《水浒传》第23回"景阳冈武松打虎"中,通篇说的都是大虫,很少几个虎字,就连阳谷县张贴的榜文上写的也是"新有一只大虫"。为什么把老虎叫成大虫呢?更有意思的是,现代有些方言中,也把虎叫成"虫",如湖南平江就把虎叫作老虫。山东阳谷县与湖南平江县距离几千里,宋朝到现代时间相隔上千年,其间有什么关联?是偶然巧合,还是有什么必然联系?答案可以从古代文化中找到。

虫这个词,现代汉语里主要指昆虫,古代却能泛指一切动物。古人把世界上的动物分为五类,叫"五虫",就是羽虫、毛虫、甲虫、鳞虫、倮虫。"禽为羽虫、兽为毛虫、龟为甲虫、鱼为鳞虫、人为倮虫"。因为人无鳞缺甲少毛,赤裸裸的,所以叫倮虫(倮与裸同)。

老虎是兽类,属于毛虫,当然可以叫虫。把老虎叫作大虫,最早见于晋代干宝的《搜神记》一书,书里有这样的记载:"扶南王范寻养虎于山,有犯罪者,投与虎,不噬(吃),乃宥(赦免)之,故虎名大虫,亦名大灵。"大虫的名字,不是形容老虎形体大,而是包含着尊敬的意思,以为老虎真通灵性,能分善恶。

老虫这个词见于明代江盈科的《雪涛小说》,书中有一则记事叫"鼠技虎名",头一句就说:"楚人谓虎为老虫。"不过古代人尽管在日常口语中把虎叫成大虫或老虫,但书面语言中却很少用。举几个例子:《礼记》上的"苛政猛于虎"、《述异记》上的封邵化虎、《世说新语》记载的周处射虎斩蛟、《聊斋志异》中的赵城虎、《儒林外史》中的郭孝子深山遇虎等,写的都是虎,没有大虫、老虫的字样。《水浒传》有点特殊,它是在宋元以来广泛流传的民间故事、话本、戏曲的基础上,经过整理加工而成的,武松打虎的故事更多地保留了说书人口头文学的特色,运用了大量人民群众的口语。

现代的平江人也和古代人一样,虽然嘴里常常说老虫,可在书面上写的也是虎。平江有句歇后语叫"老虫借猪——有借无还",在平江老革命家李六如的名著《六十年的变迁》中,写的就是"老虎借猪"。还有平江一些与虎有关的地名和事物名称,如虎形嘴、虎皮褡子、虎脑肉、虎皮蛋、虎势等,并没有人叫老虫嘴、老虫皮褡子……小学生写保护野生动物的作文,没有写老虫是一级保护动物的。

虫,古代作为动物的通称,不只留存在大虫上,现在不少地方还管蛇叫长虫,把人叫成"虫"的就更多了,如:懒虫、馋虫、糊涂虫、可怜虫、应声虫、害人虫等,大都含有鄙视、轻蔑的意思。随着时代的发展还产生了一些"新虫",如,把沉溺在网上的人称为"网虫"。香港、澳门、台湾以及新加坡、马来西亚等地的华人社区,都把在公共场所乱丢垃圾的人叫作"垃圾虫"。在北京话里面"人虫"也很多,如书虫、医虫、房虫、车虫等等。书虫是指对书着迷的人,医虫、房虫与车虫则是指利用人们求医、购房、买汽车的机会,进行欺诈活动骗人钱财的"害人虫"。

"老窦"不是大窟窿

　　在一本读方言与文化的书中，说到南方方言区的人用词五花八门时，有这样一段话："最可笑的，是广州人管父亲叫'老豆'。老爸如果是老豆，那咱们是什么呀？豆芽菜呀？写成'老窦'也不对。老爸大窟窿，咱们是小窟窿？"

　　我第一次听到广州人管父亲叫 láo dǒu 时，还误以为是叫老头呢，后来才发现是"老豆"。怎么会把父亲叫老豆呢？带着这个疑问问了好些人，没有得到满意的回答。后来还是一位对粤语有些研究的朋友告诉我，他从《三字经》中找到了出处。《三字经》里有这么四句："窦燕山，有义方，教五子，名俱扬。"哦！原来如此，"老窦"竟有这样一段文化渊源。"老窦"就是窦燕山，一位很会教育子女的好父亲，慢慢地"老窦"就成了好父亲的代名词。人人都希望自己有个好父亲，于是"老窦"又逐渐成为对父亲（不论好坏）的通称。《三字经》大约成书于南宋时代，"老窦"从窦燕山个人的专名演变到通称父亲，可能经历了很长一段时期，这种语言渐变的过程是很难觉察到的。一般讲粤语（广东话）的人从小就管父亲叫 láo dǒu，书面上写的是"老窦"或"老豆"（由于"窦"字笔画多，比较生僻，不如常见的"豆"字好写好认，以后也就大都写成"老豆"了）。久而久之，"老豆"就是老爸，人们也就习以为常了，不会感到奇怪和好笑，更少有人去追本寻源了。

鼎罐和镬头

　　参观博物馆的时候,在众多文物中,青铜器特别是其中的鼎非常抢眼。它体积大,摆放位置显著,很多都是重点文物。在历史上,鼎往往成为一种标志物,象征王位、政权。相传夏禹铸九鼎,象征九州,商代、周代都将其作为传国之宝。后来有没有得到鼎就成了统治者是否正统的问题。争夺政权叫问鼎,取得政权叫定鼎。在日常生活中也用鼎来比喻大和重要的事物,出现了一批与鼎相连的成语,如一言九鼎、鼎力相助等。

　　鼎是一种被神化了的器物,原本只是一种普通的烹煮和盛放食物的炊事器具,过去在湖南、湖北、江西很多地方家家都有鼎,都有一只鼎罐,用来煮饭炖肉,经常被烟熏火燎,黑不溜秋。它非常实用,人们爱惜它,但一点也没有感到什么神圣。现在很多家里都看不到鼎罐了,并不是送进了博物馆,而是被电饭煲、高压锅等替代了。随着历史的发展,尽管鼎在日常生活已经不存在了,但鼎这个词还遗留在语言中。至今闽方言里还把厨房叫鼎间。

　　除了鼎罐,许多人家厨房里还有一口镬头,也就是铁锅。镬也是一个古字,《洪武正韵》:"镬,釜属,锅也。"《说文解字》："有足曰鼎，无足曰镬。"说镬头，现在可能很多年轻人都听不懂了，日常中都说锅了。说起来你也许不信，英国人却能听懂，因为这个词早就传到了欧洲，进入了英语，英语词典上都收录了。可能是广东人带去的，粤方言中锅就叫镬。这里附带说一下，过去英国并不是没有锅，而是只有平底锅，没有圆锅底的。上海译文出版社出版的《英汉大辞典》wok 一词的注释是："镬子(中国式的)锅。粤语：镬。"语言的发展就是这样，变化多端，有古有今，有土有洋，复杂有趣。

八达岭　巴旦杏

　　我有一个习惯,到一个新的地方总要问问地名的来由,从中往往可以得到不少地理和历史知识,加深对这个地方的了解。

　　记得第一次到北京看长城, 是从西直门坐火车到昌平青龙桥下车,攀登八达岭长城。在欣赏赞美这古代雄伟建筑的同时,我对八达岭这个名字产生了疑问。"八达"? 它通常是和"四通"连在一起的四通八达,是说,"道路八面相通",交通极为便利,可这里却层峦叠嶂,地势险峻,山路崎岖。当年詹天佑修京张铁路,这一段不知费了多少心血,才克服了这一困难,创造了修建铁路的奇迹,他的铜像至今还与长城同在。问了一下当地的人,一时也没有得到答案。十多年后,我搞林业采访,再次到了八达岭,又问及了这个地名的由来,北京市林业局的一位专家告诉我,八达是音译,突厥语杏的读音。他这一说点醒了我,记得新疆有一种杏就叫巴旦杏,我还参观过巴尔鲁克山塔城野生巴旦杏自然保护区。回到单位找来一本《简明生物词典》,其中有一个条目就叫巴旦杏。注释是:"巴旦杏 prunus amygdalus,一作八达杏。伊朗文 badam 的音译。一名扁桃。蔷薇科。

原产亚洲西部,我国西北有栽培。种子成分及效用大致与杏仁相同"。在《辞海》中也有八达杏的记载。"八达杏即巴旦杏。《畿辅通志》引《长安客话》:'杏仁皆苦味,有一种甘者名巴旦杏,或谓八达杏'。"这一查就比较清楚了。八达就是巴旦,为 badam 的音译。伊朗古代叫波斯。伊朗语、波斯语属于阿尔泰语系突厥语族。现在新疆的维吾尔语也属于阿尔泰语系突厥语族。

过去八达岭一带植被也比较好,有文献记载这里"两山险峻,林木稠密",巴旦杏又是一种适应性较强的野生植物。由于当时山上生长着很多巴旦杏,人们就叫它巴旦岭,文字记载写作八达岭。看来八达岭就是杏岭,就是巴旦岭,当然这还只是个人的探索和见解,确切的结论还需要做进一步的考证。

"漏"的故事

夜读日本千叶工业大学宇野英隆教授写的《人与住宅》,在"没有水就不能生存"一节中,有这样一段文字,"孩提时代读过一篇童话叫'漏雨'。故事的大概情节是说有只自认为比谁都强大的老虎,一天晚上来它准备偷袭的一座四面无靠的人家。听了一听,里面有人在说话,原来是老两口正在屋里说:'在这个世界上最可怕的就是漏雨!'老虎一听也感到害怕起来,吓得一溜烟跑了。"

这个故事,我小时候也听到过,中学的时候还曾把它记录下来,以为是土生土长在我们家乡的民间故事,没想到在国外已经上书本了。也许中国也早就有书籍记载了,只是我没读到。但有一点值得思考的是,给我讲这个故事的是在几十年前一个没怎么读过书的老农民,他肯定是从老辈人那儿听到,口耳相传下来的。如此看来这故事产生的时间是很早很早了,如果说"漏雨"的故事是源于中国的话,那也许在秦始皇时期徐福东渡之前了。

看来很多故事、传说、童话可能都有它共同的"源",随着时代的发展,后来又加上民族、国家、地方的特点,并加以演绎变化,就更为丰富多彩,成为民间文学、民族文学。

成为世界人类的共同文化财富。

宇野英隆教授的《人与住宅》是一本研究现代住宅建筑工程与人的关系的科学读物,阐述了住宅应该具备哪些条件才能更好地适应人的生活习惯和要求,使人得以舒适健康地生活。全书采用随笔的形式,文字浅显,事例生动,使人读来很有兴味。比如在"没有水人就不能生存"一节中,讲完"漏雨"的故事后,接着写道:"实际上,当建筑家设计住宅时,听到抱怨最多的也是漏雨问题,虽然不像老虎那样糊涂,但建筑家也是怕漏雨的。雨水从屋顶或墙壁漏进屋内时,木材要腐烂,铁要生锈。为了延长建筑物的寿命,就应该防止雨水进入建筑物……同样的理由,对厨房、洗澡间、盥洗室的水如果不慎重地处理,也会从意想不到的地方开始损伤建筑物的。"

"漏"确实是一个很令人头疼的事。大诗人杜甫在《茅屋为秋风所破歌》中的名句"床头屋漏无干处,雨脚如麻未断绝,自经丧乱少睡眠,长夜沾湿何由彻"的描写,是大家熟悉的。湖南农村老百姓过去的破草屋遇到下雨总是"屋外大下,屋里小下,屋外不下,屋里还下"。

现代建筑中,由于防水层没做好,上层漏水,下层受淹,财产遭受损失,引起矛盾纠纷并不少见。看来"漏"的问题真不可忽视。

自然的诗　绿色的梦

　　翻开《欧阳智花鸟画选集》,就像在读一首诗——大自然的诗;仿佛重温童年的梦——绿色的梦。

　　丛林、野花、溪流、幽谷、山雀、松鼠、黄鹂、翠鸟……这一切对于我是那么熟悉而又新鲜。许多境界似乎经历过、想象过或正在追寻。透过画面我更体察到了作者那复杂、细腻的感情,从回忆中听到了画外的心声。

　　往事如烟,不!如烟的只是没有掀起过感情波澜的时刻。往事像浓墨重彩的画,特别是留在记忆中的童年。在湖南省平江县的一个小山村里,曾留下过画家和我的足迹,还有那鲜明的绿色的梦。洪山洞,这是一个夹在山缝缝里的小山村,不是常说的开门见山,而是四面环山。山上长满了树、灌木、茅草、苔藓,满眼皆绿,一片深浅不同的绿。

　　山,对孩子们来说是快乐的源泉。大自然是慷慨的,绿是富有的象征。这里为我们准备了各种不用花钱的小浆果和坚果,饭米子、桃米嘴、茅栗、尖栗、苦槠、刺泡;这里有纯正的绿色食品茶花蜜,折一根蕨秆,抽出中间的白心,就是一根精致的吸管。这里有各色的花,还有会飞的花——彩蝶。最使人赏心悦目,莫过于鸟、松鼠等小动物了。我们常常久久地瞑坐在密林中。风轻轻地从树梢拂过,偶尔从枝叶空隙射下一束金色的阳光,鸟儿在枝头低语,形形色色的小昆虫,不时出没。有的小甲虫,漂亮得就像移动的宝石。一只松鼠悄悄地从树上溜下来,蹲在一块大石头上,黑漆一样的眼睛,蓬蓬松松的大尾巴,它好奇地观察着我们,我们也注视着它。这是《晨曦》中的那只松鼠吗?是,又不是。我相信画家在构思时一定想起过它。那时候,我们还不懂什么"天人合一"的哲学思想,也还没读过庄子的"栩栩然蝶欤?周欤?"可已经进入了物我两忘的境界,人和自然已经融为一体了。

长大了,我们离开了山村,但不论走得多远,总也割不断对山的眷恋和绿的向往,魂牵梦绕故乡情。在一个假期里,我终于沿着儿时的路,重返山村。望着起伏的山峦,无边思绪化作行行诗句:

再过一山是龟形,
晒谷当年嘴上坪。
瓜棚荫岸垂钓处,
碧山深处听鸟鸣。
贪吃野果唇染紫,
为看山花被雨淋。
白雾满山景依旧,
童年心绪诗人情。

随着时间的推移,我越走越远,与欧阳智见面的机会少了,可联系并没有中断,这时候他已经从事美术编辑工作,开始了连环画创作。其间,我还有过一个合作计划,将我写的一首长篇故事诗《映山红》改编成连环画,后来由于"文革"而未能实现。

改革开放给祖国以希望,给画坛带来了春天。1980 年以来,欧阳智在中国画创作,特别是花鸟画方面进行探索和努力,走出了自己的路,逐渐形成了自己的风格特色。应该说,欧阳智走的是一条既普通又不平常的道路,但他坚持下来了。这里有他对艺术的执着追求,对真善美的渴望,还有作为一个画家的历史使命感和民族责任感。每个民族都有自己独特的东西,优良传统要继承,但继承传统不能泥古,创新也不是一味崇洋。创新是在继承基础上的发展。欧阳智认为,东、西方都有自己的本土文化,创新不应该丢掉本土的根基。越是民族的东西,越能走向世界。他的作品融注了这种思想,为国内同行赞许,受到境外朋友赏识。他的作品,先后在新加坡、加拿大、俄罗斯展出,扩大了中国画在世界上的影响,使海外了解了中国画那神秘的不可捉摸的魅力,消除了国外对我国新时期文艺的一些误解。一位俄罗斯画家称赞:"欧阳智的画,表现出了一种内在美和神话一般的境界。"其实,早在三十年代,法国一位油画教授就曾经对留法的中国学生说过:"希望你们这些青年画家,不要遗忘你们祖先对于你们艺术智源的启发,不要醉心于西洋画的无上全能!只要追求着前人的目标,没有走不通的广道!"说这段话的时候,欧阳智可能还没有出生,却在他身上得到了印证。

欧阳智的画,质朴清新,宁静中蕴含着动感,洋溢着诗情画意。他认为,诗的意象结合和画的形神兼备是相通的。绘画也就是写诗,也是从对象的动态、眼神等来表现自己的感受和情绪。他想尽量从平平常常的角落里,从普普通通的事物中,发现美并献给自己的读者。

发现美,表现美,是诗人和画家的使命。画家要抓住现实中美的一瞬,使之变为永恒,这种美不单是表象上的,更重要的是内在的精神,以及画家人格、理想的寄寓。因而画家在观察客观景物时,要按照自己的审美标准进行精心选择,寻找那些最有特征、最能揭示本质的形象,加以突出、着意渲染,次要的方面尽量淡化、减弱。简洁明快,给人以强烈印象和美的感受。在欧阳智的画集里,不乏这样的例子。像《荷》《竹枝小鸟》《盼》《花鸟》等,都是一目了然,三片荷叶、一根竹枝、七片竹叶、一轮圆月三只小鸟、一只小鸟几片嫩叶,简到不能再减了。但简而不单,耐人寻味,给人以想象天地。

美是什么?一位画家高度概括地说,美是形式结构的和谐以及变化中有统一。欧阳智的画就体现了这种和谐和统一,如动静结合,整个画面是恬静的,但又静中寓动。在题为《秋实》的画中,那松鼠伏在上方枝条上,眼睛直盯着成熟的栗子,整个身体就像搭在弦上的箭,只要你一转身,它就会直扑下来。《春日融融》中的翠鸟也是这样,已经俯冲到了水面,只差最后一击,小鱼马上就被叼起来了。

欧阳智的画,多用淡墨,但淡而不薄,淡中见厚而有韵味,像《月朦胧》就达到了这样的效果。

看欧阳智的画,赞赏之余,从个人来说,不免也感到有些不足,他的画使我重温了童年的绿色的梦,但这个梦并没有圆。记忆中的故乡三月,杜鹃花满山盛开,热烈的映山红就像火焰一样燃烧。那蒙蒙的春雨,绿茸茸的稻秧,水田中伫立着两三只白鹭。还有翠竹林中隐现的锦鸡……我真愿有一天能看到《三月杜鹃》《秧田白鹭》《竹林锦鸡》的画幅。

　　欧阳智曾经宣称自己是"鸟道主义者",以专事花鸟画为己任。我希望他能扩而广之,一颗爱心推及一切飞禽走兽,越连云,过洞庭,把画笔伸向更广阔的区域,成为生态道德的维护者,成为一位林业画家、环境画家。在欧阳智的画集中,能读到更多的自然的诗,寻到更多的绿色的梦。

童心诗苑

蜗牛小斑点儿

一

蓝天、白云、绿色的大森林。

一株大树,一条树枝伸向前方,树枝上有个小黄点。小黄点突然动起来了,沿着树枝向前移动,越来越近,越来越大。原来是只黄褐色的蜗牛,外壳像涂了蜡一样闪闪发光,上面还有漂亮的红色小斑点,这就是我们要介绍的蜗牛小斑点儿。请注意,不是小不点儿,它是小——斑——点——儿!小蜗牛点点头,摇了摇触角。转过身在一片树叶上写了一行字:蜗牛小斑点儿。

二

小斑点儿有着黄褐色闪亮的外壳,漂亮的红色斑点,胸前还挂着一枚金色大奖章,奖章上面写着:首届蜗牛赛跑大会冠军。

一片长条的草叶,横搁在两根小树枝权上,上面写着首届蜗牛赛跑大会。下面是一个大树桩,上面有几只蜗牛,这就是大会的主席台。森林中的一小片空地——运动场。环形跑道外边围满了蜗牛观众,有的趴在石头上,有的蹲在小蘑菇上。

"比赛开始!"裁判员知了大声宣布,"各就各位!预备……"

几只蜗牛排在跑道上,最外圈的一只就是小斑点儿,旁边是它的好朋友小黑,一只外壳乌黑发亮的蜗牛。

"跑!"知了的翅膀向上一扬。啪!一朵灰蕈子炸开了,喷出一团白烟,这就是信号枪。

比赛开始了,蜗牛一起向前,小斑点儿由于东张西望,起跑慢了一步。小黑跑在最前面,小斑点儿跟在后面。

"加油!加油!"观众们兴奋地喊着。小斑点儿加了一把劲赶了上去,和小黑并排了。观众情绪更加热烈,有的挥舞触角,有的用触角敲着外壳。

有只蜗牛还从蘑菇上滑下来,摔了一跤,它抚摸着痛处,嘴里还不停喊着:"加油!加油!哎哟!哎哟!"

赛跑在激烈进行,小斑点儿领先了,小黑紧紧追赶,眼看要赶上了,小斑点儿一使劲,距离又拉开了。好,到终点了,冲线!

全场欢呼。小斑点儿骄傲地站在领奖台上,主席为他挂上一枚金色奖章。

《森林报》配上小斑点儿的照片,还用红色大字标题:新纪录的创造者——小斑点儿。

两只蜗牛在看这张报纸,小斑点儿正好走过来了,金奖章映着阳光闪闪发亮。

蜗牛甲:"就是它,真了不起!"

蜗牛乙:"冠军好!"

小斑点儿漫不经心地晃了一下触角,脚步也没有停就过去了。

正在这时候,突然传来一阵轰隆轰隆的声音,地面震动了,小斑点儿晃了几下,看报的两只蜗牛吓得扔下报纸慌忙地逃走了。

三

轰!轰!轰……一座山岗被炸塌了,烟尘迷漫,沙石飞扬。一会儿烟雾散开了,许多人跑过来,他们是山区筑路队的工人,要在这深山密林中修建一条公路。

铁锹飞舞,小车来回,歌声笑语,鲜艳的红旗在绿海中飘扬。

公路修成了,载重汽车一辆接着一辆,远远望去,就像是一队绿色的蜗牛。

一队小蜗牛从森林中爬出来,领头的是小黑,它们是来调查的,看看这里发生了什么事。蜗牛们停在一汪泉水旁,爬到一块石头上。清澈的泉水映着蜗牛们的倒影,各种花草,洁白的水百合,粉红的睡莲,翠绿的菖蒲……远处盘山公路像一条金色的带子,一辆汽车,时隐时现,穿行在青山翠谷中。

"快看,大蜗牛!"一只小蜗牛尖叫着。

一辆汽车向近处驶来,地面震动。

"真吓人,像地震一样。"蜗牛们议论纷纷。

"跑得真快,绿蜗牛!"小黑大声说。

蜗牛们看呆了,忘记了时间,太阳爬到了天顶,又斜到了西边。小黑看了看天上,对蜗牛们说:"该回去了。"

"立正,向右看齐,向前看,向左转,齐步走!"一连串的口令和动作,小黑带着队伍进入森林。

四

"回来了!小黑它们回来了!"蜗牛们奔走相告。小黑站在一块石头上向大伙报告,说森林外边出现了一条金黄色的大路,许多绿蜗牛在上面飞跑。

"跑得快极了,绿蜗牛!"另一只蜗牛说。

"太大了,像座山。"第三只蜗牛补充道。

"明天我去看看。""我也看看去。""这么快,这么大,我真有点不信。"蜗牛们七嘴八舌说了一阵,慢慢散了。

小黑却在东张西望,像是在找什么人。

"你要找谁?"一只蜗牛问。

"看见小斑点儿吗?"

"没有,几天都没有照面儿。"

"它呀!准是躺在家里睡大觉。"旁边一只小蜗牛插了一句。

小斑点儿的家,在一个蘑菇丛一座别致的红色小房子———朵特大的蘑菇里。

小黑敲门。

"谁？进来。"小斑点儿说话的声音。

小黑推门进去，小斑点儿躺在大树叶床上，手里拿着金奖章，正在欣赏哩！墙上贴着登有得奖消息的《森林报》。靠床边有张小圆桌上面放着几个橡子壳小碗，还有几个草莓，一根莴笋。

"不舒服了？"小黑问。

小斑点儿点点头，又摇摇头，停了半天才懒洋洋地说："我正在休息。"

"休息？不练习跑步了。"小黑惊奇地看着他。

"差不多了，再练也是白练。"小斑点儿一边看着墙，一边回道。

正在这时，外面传来急促的敲门声，还有叽叽喳喳的说话声。

"请进！"小黑大声说。

外面反而静静的，一点声音也没有了。小黑把门打开，一只小蜗牛就栽进了屋里，后面拥拥挤挤地跟着一群小蜗牛。

"什么事？"小斑点儿冷冷地问道。

小蜗牛们都不吱声，沉默了一会，又开始叽叽喳喳了："你说。""你先说！你先说！"互相推来推去。

一只小蜗牛被挤到了最前面，只好鼓起勇气向小斑点儿说："请你指导我们练习跑步。"

"怎么又来了！我不是说过吗？叫你们自己先练基本功。现在这种水平，离比赛还差得远哩！先回去吧！"小斑点儿不耐烦地说。

　　小蜗牛们不高兴地、慢吞吞地退出门外。小黑跟了出来,安慰它们说:"今日先自己练练,明天一早我们再来。"

　　小蜗牛们听了这话,才嘟嘟囔囔地走了。

　　小黑又走回房间,和小斑点儿说道:"我到森林外边去了一次。"

　　"有什么新鲜事?"

　　小黑眉飞色舞地说道:"那里有公路、汽车,一辆一辆的,在飞驰着。"

　　"多快? 比我还快?"小斑点儿眼睛瞪得大大的。

　　"没法比,绿蜗牛就像飞一样。轰隆轰隆的,扬起一阵黄尘就无影无踪了。"

　　"真的?"

　　"可不,不信你自己看看去!"

　　"看看,还要比比哩!"

　　"那好。"

　　小黑离开了小斑点儿家。

　　嘟! 一声长哨把小斑点儿惊醒了。它从床上爬起来,走到窗前,向外望去,不远处就是蜗牛运动场。小黑正领着一伙小蜗牛在练跑。

　　"预备,跑!"的口令声,嘟嘟的哨声,"快,加油!"小蜗牛们的喊声,运动场上热闹极了。

　　小斑点儿把窗户关上了。

　　"这么早就吵翻了天,真没办法。"小斑点儿一边说一边又躺到床上了,"绿蜗牛,比我还快?"它自言自语,一会儿就闭上了眼睛。

小斑点儿在做梦,它和一只绿蜗牛比着赛。笨重的大蜗牛费劲地爬着,呼哧呼哧喘着粗气,远远地落在后面。小斑点儿得意地笑了,哈哈哈!这笑声把它自己惊醒了。

小斑点儿打开窗户,太阳已经老高了。远处,小蜗牛们正在树荫下休息。

"真没办法!整天泡在这里。"小斑点儿摇摇头,又把窗户关上了。

太阳从东向西横过天顶,落到地平线上了,小黑领着小蜗牛回家,路过小斑点儿家门口,向着屋内大喊:"什么时候看绿蜗牛去?"

小斑点儿回答:"明天一早!"

大森林的清晨,蒙蒙的乳白色的雾慢慢消散。明丽的阳光,各种鲜艳的花草,晶莹的露珠。小黑和小斑点儿并排走着,小斑点儿由于好久没有练习,走着走着有点累了,气喘吁吁的,老落在小黑后面。它们终于来到了公路边,看见远处有几辆汽车,像几个小黑点在缓缓移动。

"看!绿蜗牛。"小黑指着远方兴奋地说。

"哪儿?哪儿?是那些小黑点吗?"小斑点儿怀疑地问。

"跑过来你就知道了。"小黑大声说。

小黑和小斑点儿刚爬上一个小土丘,一辆汽车便飞驰过来了,震耳的轰隆声吓得两只蜗牛习惯地把身子缩进壳里,好半天才又重新伸出来。小斑点儿瞪大眼睛看着公路,一队汽车又过来了,又飞速地消逝在远方。

沉默,小斑点儿的触角耷拉下来了,呆呆地望着远方。

"时间不早了,回家吧!"小黑说。

小斑点儿跟在小黑后面,踏上了回家的路,悄悄地把胸前的金奖章摘了下来。

五

森林运动场。清晨。小斑点儿在练习跑步,还不时地停下来指点其他小蜗牛。这时候,小黑也来了。小斑点儿高兴地说:"我正等你哩!明天和它们去看绿蜗牛。"

小黑连连点头。

汽车在公路上飞驰,一辆接着一辆。一群小蜗牛停在土丘上观看。一队汽车从它们前面经过,越走越远,越看越小,就像一些小蜗牛在爬行。小斑点儿领着小蜗牛要回家了,列队爬过来了,越走越近,越来越大,就像一辆辆小汽车。突然它们停住了,小斑点儿挥舞着触角,蜗牛们齐声喊:"再见!"

水滴和沙砾(外一章)

——写在少年习作本的扉页上

在这里面，
没有珍珠和金粒。
有的只是，
一些水滴和沙砾。
但愿在水滴里看到珍珠的形影，
在沙砾中发现金子的光泽。

草 叶

我不是一朵艳丽的花，
只是一片小小的草叶。
为了绿遍春天的原野，
我愿献出生命的一切。

咏茑萝花

在春天里萌芽，
在夏日中成长，
迎着秋阳盛开。
羽状复叶铺开一片翠绿，
星形花朵像火一样鲜红。
绿是时代的色彩，
红星蕴含着希望。

江南春

烟雨蒙蒙，
稻秧绿茸茸。
蓑衣斗笠护田人，
惊起白鹭漫天飞。

天涯思绪

椰风海韵，
雪地冰天。
忆北国，
身在南海边。
是潮声引动思绪，
浪花装点诗篇。
三亚市——北极村，
南来北往非偶然，
奔走呼唤为添绿。

大　漠

茫茫大漠终有尽头，
长长戈壁路通向绿洲。
没有牡丹、芍药，
亭亭白莲。
只见花棒、红柳，
倔强胡杨。

海石花

在海的深处，
还蕴藏着一个春天。
嫩绿、乳白、深红，
冷静中包含着热烈。
具有花的风采，
更多一分坚强。

莲塘夜雨

莲塘一夜雨，明珠满玉盘。
朝来不胜喜，尽收镜头中。

登茱萸峰

笑立山头我为峰，白发迎风气犹雄。
心身两健弥足贵，万卷万里无尽穷。

长江　珠峰

我问滚滚长江，
怎能有如此巨大力量？
劈山穿岩一泻万里，
浩浩荡荡奔向海洋。

长江引我来到源头，
雪山群立，冰川闪亮。
融冰化雪，不舍昼夜，
汇成湍流飞瀑。

长江让我看看身旁，
支流纵横，交织如网，
有涓涓溪流、小水，
有滔滔嘉陵、岷江。

我问巍巍珠峰，
怎能昂首直插蓝空？
俯瞰五洲四洋，
成为万岳之宗。

珠峰笑指脚下根基，
高距世界屋脊。
强烈的地壳运动，
至今仍上升不息。

珠峰让我看看身上，
团聚多种岩层土壤，
从太古代到新生代，
有笔石、片麻、花岗。

大江汇集寸流滴水，
高山不拒沙砾细壤，
朴素的真理，伟大的榜样。
赞颂你！
巍巍珠峰，滚滚长江。

图书在版编目（CIP）数据

故宫博物院 / 黄传惕著. -- 武汉 ：长江文艺出版
社，2023.6
ISBN 978-7-5702-3101-0

Ⅰ. ①故… Ⅱ. ①黄… Ⅲ. ①散文集－中国－当代
Ⅳ. ①I267

中国国家版本馆 CIP 数据核字 (2023) 第 070279 号

故宫博物院

GUGONG BOWUYUAN

责任编辑：田敦国　　　　　　　　　责任校对：毛季慧
封面设计：天行云翼·宋晓亮　　　　责任印制：邱　莉　　王光兴

出版：长江出版传媒　长江文艺出版社
地址：武汉市雄楚大街 268 号　　　邮编：430070
发行：长江文艺出版社
http://www.cjlap.com
印刷：武汉科源印刷设计有限公司

开本：640 毫米×970 毫米　　　1/16　印张：7　　　　插页：4 页
版次：2023 年 6 月第 1 版　　　2023 年 6 月第 1 次印刷
字数：64 千字

定价：22.00 元